Markus Spang
Die Rätsel von Schloss Finkenstein

Markus Spang

Die Rätsel von Schloss Einkenstein

Ein Krimi zum Mitraten

Mit Illustrationen
von Markus Spang

dtv

Von Markus Spang sind bei dtv junior außerdem lieferbar:
Die Rätsel der Alhambra

MIX
Papier aus verantwortungsvollen Quellen
FSC® C019821

Originalausgabe
10. Auflage 2021
dtv Verlagsgesellschaft mbH&Co. KG, München

Quellennachweis für die Palindrome auf S. 11 und S. 18:
S. 35 und S. 91 aus: Herbert Pfeiffer, Oh Cello voll Echo.
Palindromgedichte. Mit einer Vorbemerkung von Ernst Jandl,
© Insel Verlag Frankfurt amMain und Leipzig 1992
Umschlagkonzept: Balk & Brumshagen
Umschlagbild und Typographie: Markus Spang
Lektorat: Tanja Poestges
Gesetzt aus der Charlotte 11/14˙
Satz: Greiner & Reichel, Köln
Druck und Bindung: Druckerei C.H.Beck, Nördlingen
Printed in Germany · ISBN 978-3-423-71302-3

Für SUNIL und SUNGAM, meine NEFFEN

Inhalt

Und wieder Montag

Montag

Sei lieb – nebenbei lies!
Herbert Pfeiffer

Opa Drechsler

Fred dachte konzentriert nach. Da stand er also mit seiner großen Schwester Anna vor diesem alten Mann. Der lächelte. Er war der Vater von Udo Drechsler, Mamas Freund. Aber abgesehen von dem karierten Hemd hatte er nicht viel Ähnlichkeit mit ihm. Sein schlohweißes Haar stand in alle Richtungen ab. Sein rundes Gesicht war voller Falten, am meisten in den Partien, die man zum Lachen braucht. Er hatte einen fransigen grauen Schnurrbart und auf der Nase eine Nickelbrille mit winzigen Gläsern. Dahinter blitzten zwei aufmerksame Augen.

»Aber Opa Drechsler nenn ich den nicht«, flüsterte Anna und drehte sich zu Fred um. »Mund zu!«

»So, so«, sagte jetzt der alte Mann. »Da hat mein Sohnemann euch zwei also einfach vor meinem Gartentor abgestellt, was?«

»Scheint so«, antwortete Anna.

»Ich heiße Paul. Und ihr?«, sagte Opa Drechsler.

Fred schwieg.

»Ich bin Anna und das ist der Fred«, sagte Anna gelangweilt.

Opa Drechsler legte den Kopf schief wie ein Lama, bevor es spuckt, dann fing er an zu kichern. Eigentlich war es eher ein Glucksen. Jedenfalls nichts, was man von einem Erwachsenen erwarten würde.

»Tatsächlich?!«, rief er, »das ist ja wunderbar. ANNA und DERFRED. Wisst ihr, was ihr dann alle beide seid?«

Sie schüttelten die Köpfe.

»*Palindrome*. Liegt das bei euch etwa in der Familie?«

»Pali… was?!«

»Palindrome«, sagte Fred.

Sie blickte ihn an. »Du weißt natürlich mal wieder, was das bedeutet?!«

»Keine Ahnung«, erwiderte er und machte den Mund zu.

Opa Drechsler griff sich die Koffer und schob die beiden in Richtung Haus.

»Kommt erst einmal rein«, sagte er, »dann erkläre ich es euch.«

Weißt du, was Opa Drechsler meint?
Sieh dir die Wörter genau an:
ANNA
DER FRED.
Errätst du, was ein »Palindrom« ist?

Das Haus sah eigentlich ganz lustig aus. Es war ziemlich klein. Zwei Stockwerke, eine windschiefe Holzveranda, ein völlig verwilderter Vorgarten mit einem Lattenzaun, der wohl irgendwann einmal weiß gestrichen gewesen war – aber so genau ließ sich das inzwischen nicht mehr sagen. Vor dem hohen Kiefernwald im Hintergrund wirkte es wie ein echtes Hexenhäuschen.

Fred blieb unwillkürlich in der Tür stehen. Die einzige freie Fläche im Flur war die Decke. Und auch das nur, wenn man von den drei Luftballons absah, die an ihr festhingen. Der Rest war vollgestellt mit Schränken und alten Kommoden, von denen man allerdings nicht viel sah. Sie waren von all den Dingen verdeckt, die darauf- und davorstanden oder -lagen: Stapel von Büchern, Packen von Zeitschriften, Fahrradteile, kompliziert beschriftete Pappschachteln, drei oder vier Computermonitore, kistenweise alte Schallplatten, noch mehr Bücher, eine ansehnliche Sammlung Teppichklopfer in unterschiedlichen Formen und Ausführungen. Verschiedene Werkzeuge, Radio- und Fernsehapparate aus allen Jahrzehnten. Um nur die größeren Posten zu nennen. Dazwischen immer wieder Dinge, die mit Sicherheit überhaupt keine Namen hatten. Und direkt neben der Eingangstür – im Gegensatz zu allem anderen von einer zentimeterdicken Staubschicht bedeckt – stand ein uralter Staubsauger. Anna und Fred sahen sich an. Dieser Opa war ganz offensichtlich ein wenig *speziell.*

»Entschuldigt die Unordnung«, sagte er ohne eine Spur von Ironie, während er sich der scheinbar aussichtslosen Aufgabe widmete, ein freies Plätzchen für die Koffer zu finden. Er hielt inne und fügte mit gesenkter Stimme hinzu: »Es ist wegen des Experiments.«

»Experiment?«, sagte Anna und kniff die Augen zusammen.

»Ich versuche, in meinem Haus den zweiten Hauptsatz der Thermodynamik zu widerlegen.«

»Aha. Und wie lautet der?«

»Ohne Einwirkung von außen nimmt die Unordnung in einem System immer zu. Niemals ab«, sagte Fred. Er wusste selbst nicht, woher er das wusste. Er merkte sich solche Sachen nicht, sie blieben einfach irgendwie hängen, wenn er sie einmal gehört oder gelesen hatte. Dass er damit vor Fremden oft eine Menge Aufmerksamkeit erregte, behagte ihm gar nicht. Opa Drechsler lächelte bloß und berührte Fred ganz kurz mit dem Finger an der Stirn.

»Wie es scheint, bin ich eher dabei, ihn zu beweisen. Ich dachte, irgendwann räumt es sich von allein wieder auf. Aber nach über dreißig Jahren fange ich an, daran zu zweifeln.« Während er sie in den links angrenzenden Raum führte, fügte er murmelnd hinzu: »Irgendetwas muss mit meinen Berechnungen nicht stimmen.«

Mehr oder weniger zugänglich standen hier ein rotes Plüschsofa und ein massiver, dunkler Holztisch mit vier Stühlen. Opa Drechsler bot ihnen an, sich zu setzen, und verschwand durch eine andere Tür.

Es sprach einiges dafür, dass es sich um das Wohnzimmer handelte. Nicht dass es anders ausgesehen hätte als der Flur, aber hier stapelten sich andere Sachen. Anna ließ ihre Augen schweifen. Sie stutzte. Irgendetwas war ihr aufgefallen. Etwas in diesem Zimmer, sie hatte es gerade gesehen. Aber sie kam nicht dahinter, was es war.

Mit elegantem Schwung tauchte Opa Drechsler jetzt wieder auf und balancierte ein Tablett auf die beiden zu, auf dem eine Flasche mit einer klaren Flüssigkeit und drei Schnapsgläschen standen.

»Jetzt gibt es erst mal einen Begrüßungstrunk!«

Anna räusperte sich. »Ähm, das geht nicht, Fred ist erst neun und ich zwölf, wir dürfen …«

»Papperlapapp!«, unterbrach sie der Alte frohgemut,

Was hat Anna wohl in dem Zimmer entdeckt? Immerhin befinden wir uns am Anfang einer äußerst rätselhaften Geschichte. Jede Kleinigkeit kann später wichtig werden …

schenkte ein und reichte jedem eines der Gläschen. Dann nahm er selbst das dritte, streckte es feierlich in die Höhe und sprach mit geheimnisvoller Miene: »O GENIE, DIES NETTE KNIE IST GAST, SAGT SIE. IN KETTEN SEI DEIN EGO!«

Dann kippte er den Inhalt mit Schwung hinunter, verzog das Gesicht, gab einen markigen Ächzer von sich und sah die beiden auffordernd an.

Jetzt war es offiziell: Dieser Mann konnte nie und nimmer mit Udo Drechsler verwandt sein. Er lebte in diesem Rumpelhäuschen, sagte verrückte Dinge und erwartete, dass sie hochprozentigen Alkohol tranken! Anna saß da, glotzte auf ihr Glas und wusste nicht recht weiter. Derweil hatte Fred an seinem gerochen und es mit einem breiten Schmunzeln an die Lippen gesetzt. Noch ehe Anna etwas sagen konnte, hatte er bereits mit der gleichen großspurigen Gebärde wie der Alte den Kopf in den Nacken geworfen und war inzwischen in der Ächzphase. Ihr kleiner Bruder Fred!

Palindrome

Anna schaute auf ihr Glas. Wie um alles in der Welt waren sie bloß hier hineingeraten? In dieses Kaff namens Finkenberg. Es war die erste Woche der Sommerferien! Eigentlich sollte Anna jetzt an der Costa del Sol im Sand liegen und an einem kühlen Eistee nippen. So war es jedenfalls geplant gewesen. *Aber manchmal laufen die Dinge eben nicht so, wie man will.* Pah! Mama hatte einfach alle Pläne über den Haufen geworfen. Und schuld daran war nur Udo …

»Ich kann leider nicht mitkommen, ihr müsst ohne mich nach Spanien«, hatte er gestern gesagt, als er mit Fred in ihre Küche kam. Dann stand er da, stocksteif wie immer, und wartete, bis ihn jemand aufforderte, Platz zu nehmen. Anna starrte auf sein kariertes Hemd, dann auf seinen hässlichen goldenen Anhänger. Umso besser, dachte sie. Doch sie sagte nur: »Aha.«

»Hm?«, machte Mama, die eben aus dem Wohnzimmer kam.

»Ich glaube, man will meinen Vater auf die Straße setzen«, sagte Udo tonlos. »Ihn rauswerfen und sein Häuschen abreißen. Und ihm scheint das völlig egal zu sein. Reiner Zufall, dass er es überhaupt erwähnt hat.«

»Versteh ich nicht«, sagte Mama und gab Udo einen Begrüßungskuss. »Jetzt leg mal die Jacke ab und nimm dir endlich einen Stuhl.«

Während Anna an der Anrichte stehen blieb und versuchte, möglichst unbeteiligt zu wirken, setzten sich die drei anderen an den Tisch. Dann erzählte Udo.

Er rief jeden Sonntag um dieselbe Zeit seinen Vater an. Nachdem sie eine Weile über dies und jenes geplaudert hatten, war das Gespräch auf Opa Drechslers Garten gekommen. Udo hatte ihn gefragt, ob er mal wieder bei ihm den Rasen mähen sollte. Die Antwort war: Das sei der Mühe nicht wert, denn das Haus würde ja in acht Tagen vielleicht gar nicht mehr stehen. Udo, völlig verdutzt, hatte sofort nachgehakt. Aber mehr hatte er nicht aus ihm herausbringen können.

»Und was hältst du davon?«, fragte Mama besorgt.

»Weiß nicht«, antwortete Udo. »Könnte ernst sein.«

»Aber müsste er dann nicht ein bisschen aufgeregter sein?«

»Du kennst meinen Vater nicht.«

»Tja«, sagte Mama. Sie schaute von Udo zu Fred, dann zu Anna. Sie sahen sich lange in die Augen. Mama stand auf und tippte zweimal kurz mit dem Mittelfinger auf die Tischplatte. Anna kannte diese Geste: Ihre Mutter hatte einen Entschluss gefasst.

Jetzt stellte Fred gerade sein Schnapsglas ab, wischte sich den Mund und grinste Anna an. Das wollte sie nicht auf sich sitzen lassen. Außerdem: Was konnte *sie* denn dafür, dass sie bei diesem Verrückten gelandet waren? Wieso sollte sie jetzt die große Schwester spielen und die Verantwortung übernehmen? Mama hatte doch auf diese Gelegenheit, den Urlaub um eine Woche zu verschieben, nur gewartet. Damit sie doch noch auf ihre blöde Kunsthandwerksmesse gehen konnte. Als könnte sie ihren Töpferkram nicht das ganze Jahr verkaufen. Und ihr *geliebter* Udo war es, der sie dann hierher geschleppt hatte! Der Herr Rechtsanwalt Drechsler musste natürlich seinem Vater beistehen. Vor Ort sein und wichtige Gespräche mit den hiesigen Behörden führen. Die Kinder konnte er dabei allerdings nicht in seiner Nähe brauchen. Also ab mit ihnen zum alten Opa Drechsler und selber schnell ins schicke Hotelzimmer unten im Dorf. Viel Spaß euch dreien!

Anna kniff die Augen zusammen und kippte Opa Drechslers *Begrüßungstrunk* hinunter.

Das Zeug schmeckte nach nichts. Als hätte jemand aus einem vertrockneten Kanten Roggenbrot einen Tee gekocht und ihn dann kalt werden lassen.

»Alkoholfreier Korn«, verkündete der Alte, »selbstgebrannt, nach eigener Rezeptur. Ich konnte leider noch keine Destillerie finden, die sich dafür interessiert. So geht es mir seltsamerweise mit den meisten meiner …«

»Schnapsideen«, flüsterte Anna so leise, dass nur Fred es hörte, der prompt anfing zu prusten.

»… Erfindungen. Aha, er wirkt schon, was? Aber keine

Sorge«, fügte er an Anna gewandt hinzu, »er wirkt nur, wenn man daran glaubt. Wollt ihr noch einen?«

»Klar!«, sagte Fred, der jetzt zusehends auftaute. »Und kannst du den Trinkspruch diesmal bitte buchstabieren?«

»Hahaaa, da hat jemand was gemerkt! Warte, ich schreibe ihn euch auf.«

OGENIEDIESNETTEKNIEISTGASTSAGTSIEINKETTENSEIDEINEGO

Anna und Fred beäugten den Zettel. Nach einer Weile meinte Fred: »Man kann es auch von hinten lesen!«

»Genau! Was von hinten und von vorn gelesen den selben Sinn – oder Unsinn – ergibt, ist ein Palindrom«, erklärte Opa Drechsler.

»Aha«, sagte A N N A .

»Wow«, sagte D E R F R E D .

»Ich sehe, ihr habt das Prinzip begriffen.«

Sie kippten mit großem Tamtam die zweite Runde *Korn* und Anna ächzte und wischte sich diesmal den Mund ab wie ein alter Seebär. Dann fuhr Opa Drechsler fort: »Es gibt Palindrom-Wörter und Palindrom-Sätze. Die Wörter begegnen einem ständig, wenn man anfängt, darauf zu achten: EBBE, RENTNER, KAJAK, REITTIER. Das längste deutsche Palindromwort ist RELIEFPFEILER. Der berühmte Mathematiker Leibniz soll darauf gestoßen sein. Überhaupt haben sich viele große Köpfe mit dem Phänomen beschäftigt. Arthur Schopenhauer, der Philosoph, zum Beispiel. Ihm wird das bekannteste deutsche Satzpalindrom zugeschrieben:

EIN NEGER MIT GAZELLE ZAGT IM REGEN NIE.

Mein Trinkspruch stammt von Herbert Pfeiffer, der sogar mehrere Bände mit Palindrom-*Gedichten* verfasst hat. Aber besonders stolz bin ich auf meine persönliche Bekanntschaft mit einem der herausragendsten Spezialisten in diesen Dingen. Er war mein Nachb...«

Plötzlich hielt Opa Drechsler mitten in seinem Vortrag inne und schaute aus dem Fenster. Es herrschte Stille, die nur vom Ticktack der alten Standuhr unterbrochen wurde. Und vom leisen Kratzen eines Stifts: Fred hatte begonnen, nach Palindromen zu suchen. ARA, stand schon in seinem Notizbuch, und UHU. Gerade schrieb er STETS.

Finnenkiste

»Opa Drechsler?«, hakte Anna nach einigen Sekunden vorsichtig nach und merkte zu ihrer eigenen Verwunderung, dass sie ihn nicht *Paul* oder gar *Herr Wie-heißen-Sie-noch* nannte, wie sie es ursprünglich vorgehabt hatte.

»Hm?«, machte der Alte, der wie aus einem Traum zu erwachen schien und sie anblickte.

»Der Spezialist war dein ... *was*?«, fragte sie.

Opa Drechsler massierte sein Ohrläppchen und lächelte.

»Mein Schachpartner. Wir haben von Zeit zu Zeit unten in der Dorfkneipe zusammen Schach gespielt. Interessiert euch das Gerede eines alten Bekloppten denn überhaupt?«

»Auf jeden Fall«, murmelte Fred, ohne aufzublicken.

Sein *Schachpartner*, hm. Anna war sich sicher, dass der Alte ursprünglich etwas anderes hatte sagen wollen.

Jetzt stand er auf und ging auf eins der Bücherregale zu.

»Ja, der alte Graf. Sein Vorname war passenderweise OTTO.«

Er zog einen Stuhl heran und kletterte erstaunlich behände darauf. Dann fuhr er an der obersten Reihe der Buchrücken mit dem Finger entlang und lehnte sich dabei immer weiter zur Seite, bis er in eine bedenkliche Schräglage geriet.

»Irgendwo hier muss doch das … Ah, da ist es ja!«

Er griff nach einem der Bücher, hangelte sich langsam zurück und hielt es ihnen entgegen. Es war ein schmales rotes Bändchen mit dem Titel:

NEBEL-LEBEN
Palindrome und Anagramme
gesammelt und herausgegeben von
Otto von Finnenkiste

»Finnenkiste? Komischer Name!«, meinte Anna.

»Anagramme?!«, sagte Fred gleichzeitig.

»Ihr seid ein gutes Team«, stellte Opa Drechsler fest, während er von dem Stuhl herunterstieg.

»Der Name klingt genau deshalb so komisch – weil er ein *Anagramm* ist. Ein Anagramm von Ottos wirklichem Nachnamen. Passt auf, ich zeig es euch!«

Er schrieb F I N N E N K I S T E auf einen Streifen Papier, in Großbuchstaben und mit weiten Abständen, nahm eine

Schere und zerschnitt das Wort. Dann sah er die beiden erwartungsvoll an. Zögernd begann Fred, die Buchstaben umzustellen. Opa Drechsler nickte zufrieden.

Du weißt sicher schon, welcher Name hinter dem Anagramm steckt? In fast jedem Namen stecken übrigens auf diese Weise andere Namen. Probier es mit deinem eigenen aus!)

Nach längerem Hin- und Hergeschiebe lag ein neues Wort vor ihnen:

STEIFENKINN.

»Otto von Steifenkinn? Genauso bekloppt«, sagte Fred.

Anna guckte schweigend auf die Buchstabenschnipsel. Auf einmal sah sie das richtige Wort!

»Darf ich mal?«

Sie beugte sich über Freds Schulter und ordnete die Buchstaben mir nichts, dir nichts zu: FINKENSTEIN.

Opa Drechsler schien verdutzt.

»Potzblitz! Wie bist du denn darauf so schnell gekommen?«, fragte er.

»Weibliche Intuition«, antwortete sie grinsend. »Wo genau hat er denn eigentlich gewohnt, dein *Nachbar*, Otto von Finkenstein?«

»Och«, brummelte Opa Drechsler und wedelte vage in eine Richtung, »da oben, ein Stück den Berg rauf.«

Doch mit dieser Antwort kam er bei Anna nicht durch. Sie kostete den Moment noch ein wenig aus, dann fragte sie gedehnt: »Doch nicht etwa im ... *Rätselschloss*?«

Geheimnisse

»RÄTSELSCHLOSS?!«, rief Fred, blickte von Anna zu Opa Drechsler und vergaß dabei, seinen Mund wieder zu schließen.

»*Rätselmuseum Finkenstein,* um genau zu sein«, sagte der Alte, »aber woher weißt du davon?«

Anna deutete auf den Zeitungsausschnitt, den sie beim Hereinkommen über dem Schreibsekretär entdeckt hatte. Fred lief hin, um ihn sich aus der Nähe anzusehen.

»Exorbitant!« Das war Freds Lieblingswort.

»Wie auch immer«, brummelte Opa Drechsler, stand auf und schickte sich an, das Buch wieder zurück an seinen Platz zu stellen. »Wie wär's? In Neuenheide, ganz in der Nähe, gibt es einen Zoo. Wollen wir da morgen hingehen?«

Die Kinder sahen ihn schweigend an.

»Nicht?«

»...«

»Wir könnten auch hinten im Garten etwas basteln. Ein Vogelhäuschen zum Beispiel. Na?«

Fred kam auf ihn zu, nahm ihm sachte das Buch aus den

Händen und setzte sich wieder an den Tisch, um darin zu blättern. Anna schüttelte nur langsam den Kopf.

»Tut mir leid, Kinder. Udo hat mir ausdrücklich …« Opa Drechsler kam ins Stocken. »Wir *können* eben nicht zu diesem Schloss gehen. Außerdem gibt es dort sowieso nichts zu sehen.«

»Was soll das denn heißen?«, fragte Anna. »Dass es das Museum gar nicht gibt?«

»Doch, zum Glück gibt es das Museum noch«, antwortete Opa Drechsler und fügte wie zu sich selbst hinzu: »Jedenfalls noch diese Woche.«

Anna wurde hellhörig.

»Das hat nicht zufällig etwas mit deinem Häuschen zu tun, das irgendjemand nächste Woche abreißen will?!«

Opa Drechsler räusperte sich lange und ausgiebig. Dann sagte er zu Fred: »Deine Schwester verliert nicht so leicht den Überblick, was?«

Fred nickte, nicht ohne Stolz.

»Wie du siehst, kannst du uns sowieso nichts vormachen«, sagte Anna. »Also, wer will denn nun dein Haus abreißen und wie hängt das mit Schloss Finkenstein zusammen?«

»Na schön«, sagte der Alte und setzte sich auf das Sofa, »warum sollt ihr das nicht erfahren? Mein Häuschen gehört mir gar nicht. Es ist das Gärtnerhaus des Finkenstein'schen Anwesens. Ich war dort zweiunddreißig Jahre lang der Gärtner.«

Als Fred einen erstaunten Blick auf den verwilderten Vorgarten warf, fügte Opa Drechsler schnell hinzu: »Na ja, sozusagen. In Wirklichkeit war das Haus eher eine Art Geschenk von Graf Otto: Er hat Udo und mich damals umsonst hier einziehen lassen, als … Aber das ist eine andere Geschichte, die erzähle ich euch später. Jedenfalls sagte der alte Graf, er werde in seinem Testament bestimmen, dass ich hier wohnen bleiben kann. Als er dann ein paar Jahre später starb, wurde aber kein Testament gefunden. So erbte seine Nichte das Anwesen und damit auch dieses Häuschen. Nora von Finkenstein. Sie hat mich all die Jahre lang weiter hier wohnen lassen. Nora hat die Entscheidung des Grafen nie infrage gestellt, obwohl es nichts Schriftliches darüber gab.«

»Nett von ihr«, meinte Anna.

»Ja«, sagte Opa Drechsler mit einem Nicken, »das war sie. Doch inzwischen ist auch sie gestorben, vor anderthalb Jahren. Im Gegensatz zu ihrem Onkel hat *sie* dann tatsächlich ein Testament hinterlassen, und darin unter anderem mein Wohnrecht festgelegt.«

»Aber dann ist doch alles in Ordnung«, sagte Anna.

»Das dachte ich auch. Aber jetzt …« Sein Blick wanderte zwischen Anna und Fred hin und her. Er seufzte.

»Ich sollte euch da wirklich raushalten.« Er stand auf und ging auf eine Tür am anderen Ende des Raumes zu. »Wir können nicht zum Schloss gehen, tut mir leid. Was wollt ihr zu Abend essen?«

Ein paar Stunden später lagen die beiden in ihren Betten in Opa Drechlsers *Mansarde*, wie er das nannte. Das Bettzeug roch ein bisschen wie die Klamotten in der Karnevalskiste auf dem Dachboden zu Hause. Fred spähte zur anderen Wand hinüber.

»Was er morgen wohl vorhat?«, flüsterte er in die Dunkelheit. Er lag hellwach in seinem Bett. Von der anderen Seite des Zimmers kam nur ein leises Schnauben. Wie konnte Anna jetzt schlafen? Immerhin war sie es gewesen, die herausgefunden hatte, dass es hier dieses RÄTSELSCHLOSS gab. Rätselmuseum Finkenstein. Exorbitant!

»Anna?«

»…«

»Anna? Schläfst du schon?«

»Ja.«

»Was er wohl vorhat?«

»Keine Ahnung.« Damit drehte sie sich um und zog die Decke über den Kopf.

»Er hat gesagt, wir gehen hin«, murmelte Fred.

So viel wie in den letzten beiden Stunden hatte Fred noch nie an einem einzigen Tag geredet. Beim Abendbrot, während sie die Koffer nach oben brachten und auspackten – die ganze Zeit hatte er versucht, Opa Drechsler davon zu überzeugen, dass sie morgen *unbedingt* dort hinmussten: auf das Rätselschloss! Das Wort allein machte ihn schon ganz kribbelig.

Aber alles Bitten und Betteln schien vergebens – Opa Drechsler sagte immer wieder, er könne nicht dort hinaufgehen und das hätte eben seine Gründe. Punkt. Doch vor zwanzig Minuten, als sie sich schon hingelegt hatten, war er noch einmal hereingekommen und hatte sich zu Fred aufs Bett gesetzt …

»Er hat gesagt, wir gehen hin. Stimmt doch, Anna? Oder?«

»*Vielleicht*, hat er gesagt«, brummte sie.

»Er hat gesagt, er denkt sich etwas aus. Er hätte da vielleicht eine Idee, wie er doch hingehen könnte.«

»...«

»Wo ist eigentlich das Problem? Warum sollte er nicht können?«

Drüben knarzte jetzt der Bettrost.

»Das ist ausnahmsweise mal keine blöde Frage«, sagte Anna. »*Herr Kleinkariert* hat es ihm anscheinend verboten.«

Herr Kleinkariert, das war Annas heimlicher Name für Udo. Wegen seiner karierten Hemden. Udo Drechsler war Mamas Freund. Mamas *neuer* Freund, wie Anna gerne betonte. Obwohl sie schon über ein halbes Jahr zusammen waren, und es vorher keinen anderen gegeben hatte. Abgesehen von Papa natürlich. Fred konnte sich kaum an ihn erinnern. Er war keine drei Jahre alt gewesen, als Papa gestorben war. Aber Anna sprach oft von ihm und sie hatte Udo von Anfang an nicht leiden können. Dabei war er eigentlich ziemlich okay, fand Fred.

»Ich habe keine Ahnung, wieso«, brummte Anna. »Aber ich kriege es raus.«

Sie klopfte ihr Kissen zurecht und kuschelte sich wieder ein, drehte sich dann aber noch einmal zu ihrem Bruder: »Und wir *werden* hingehen, verlass dich drauf. Jetzt schlaf endlich! Nachti-Nacht.«

Fred lächelte. Das hatte Papa früher immer gesagt, daran konnte er sich erinnern.

»Nachti«, flüsterte er.

Dienstag

Trows ad rawgna Fnami.
1, 1 Senn Ahoj, Le Bib

Inkognito

Man sollte mit dem Typen, der das Aufwachen erfunden hat, mal ein ernstes Wörtchen reden, dachte Anna. Sie hatte keine Ahnung, wo sie war. Spanien war es nicht. Als es ihr einfiel, wollte sie sich direkt wieder umdrehen. Aber Fred war verschwunden.

Sie fand ihn unten in der Küche am gedeckten Frühstückstisch. Er war angezogen, gekämmt und geschniegelt und bedeutete ihr mit aufgeregten Handzeichen, sich hinzusetzen und – *psst!* – still zu sein. Dann zeigte er auf die offene Kellertür, aus der, wenn sie sein Gehabe richtig deutete, gleich der Kaiser von China mit seinem kompletten Hofstaat treten würde, der jeden sofort köpfen ließ, der ihn nicht mit ehrfürchtigem Schweigen erwartete.

Kopfschüttelnd goss sie sich etwas Kakao ein und begann, ein Brötchen zu schmieren.

Wer dann aus der Tür trat, war nicht der Kaiser von China, sondern ein alter Pirat. Er trug ein gestreiftes Unterhemd, Kniehosen, Augenklappe, Nickelbrille, ein rotes Kopftuch sowie einen ausufernden Schnurrbart und auf seiner Schulter saß ein grüner Plastikpapagei. Behäbig drehte der Pirat sich im Kreis und blickte fragend zu Fred. Der schüttelte langsam den Kopf, woraufhin der Pirat wortlos wieder im Keller verschwand.

Anna verschluckte sich an ihrem Kakao.

»Inkognito«, sagte Fred bedeutungsvoll.

»Was?«, hustete Anna.

»Opa Drechsler wird *inkognito* gehen. Er kann sich auf Schloss Finkenstein nur unerkannt sehen lassen«, erklärte ihr Bruder, »aber wir haben noch keine glaubwürdige Tarnung für ihn gefunden.«

Anna biss in ihr Honigbrötchen und stellte fest, dass es ihr ganz außergewöhnlich gut schmeckte. Dass überhaupt die ganze Angelegenheit hier allmählich anfing, ihr ernsthaft Spaß zu machen. Alle waren zwar völlig bekloppt, aber eigentlich war es egal. Man musste einfach nur mitmachen. Andächtig kauend starrte sie mit Fred auf die Kellertür.

»Was habt ihr schon probiert?«

»Bei dem Bärenkostüm fehlte die rechte Tatze, das war einfach zu auffällig.«

Anna nickte verständig.

»Außerdem bekommt er Kreuzschmerzen, wenn er zu lang auf allen vieren geht«, fuhr Fred fort. »Als Rosenbusch war er eigentlich nicht schlecht, aber es schränkt die Bewegungsfreiheit zu sehr ein, haben wir uns gedacht, und in Innenräumen hat er damit ganz schlechte Karten. Und die Ritterrüstung … Na ja.« Er winkte ab.

Anna steckte sich den letzten Bissen ihres Brötchens in den Mund und stand auf.

»Du wartest hier. Ich werd ihm mal ein wenig zur Hand gehen«, sagte sie und stieg hinunter in den Keller.

Von unten drangen undeutliche Klänge eines hitzigen Wortgefechts herauf. Fred verstand nur einige Fetzen: *Nicht doch … Muss sein … Niemals … Höherer Zweck … Was soll man von mir denken, wenn … Stell dich nicht so an!*

Aber bald wurde Opa Drechslers Gegenwehr schwächer,

bis nur noch geschäftiges Rascheln und leise, sachliche Anweisungen zu hören waren. Schließlich vernahm Fred Schritte auf der Treppe.

Anna erschien in der Kellertür, verbeugte sich und sagte: »Darf ich vorstellen: *Oma Drechsler!*«

Fred hatte gleich gewusst, dass seine große Schwester die Sache deichseln würde, aber von diesem Ergebnis war er nun doch verblüfft.

Oma Drechsler schien zwar ein bisschen verschämt – aber völlig zu unrecht! Sie sah ausgesprochen überzeugend aus. Besonders entscheidend schien Fred der zarte Schleier an ihrem lila Pagenkäppi zu sein, der den Schnurrbart verschwinden ließ – wenn man nicht allzu genau hinsah. Er pfiff anerkennend durch die Zähne, die Dame aber streckte ihm einfach die Zunge raus!

Graf Otto

Wenig später wanderten die drei bergauf durch die vormittägliche Kühle des Waldes. Fred lief zuerst immer wieder ungeduldig voraus, aber weil er den Weg nicht kannte, musste er an jeder Abzweigung anhalten und auf die beiden *Mädels* warten, die gemessenen Schrittes hinterherspazierten. *Oma* Drechsler lüftete ihren Schleier und verwandelte sich schlagartig wieder in einen Opa (der ein lila Kleid anhatte).

»Juckt ein bisschen, das Ding. Es reicht wohl, wenn ich es oben erst aufsetze.« Er steckte das Käppi in seine riesige Handtasche. Dann rief er: »*DERFRED*, bleib mal hier, das solltest du hören. Bevor wir da sind, will ich euch noch erzählen, was es mit diesem Rätselmuseum auf sich hat.«

Als Fred angekommen war, legte er los: »Der alte Graf von Finkenstein hatte eine große Leidenschaft: Er liebte Rätsel. Spruchrätsel, Bilderrätsel, alte Rätsel aus staubigen antiken Büchern und neue aus billigen Zeitschriften. Wortspiele nahmen ihn ebenso gefangen wie Geheimschriften, Schatzkarten und Knobelspiele. Er beschäftigte sich mit allem, was irgendwie rätselhaft war. Je älter er wurde, desto stärker schien diese Leidenschaft zu werden.

Es ging irgendwann so weit, dass er jedem, dem er begegnete, zuerst eine Rätselfrage stellte. Die Kinder des Dorfes, die oft oben auf dem Anwesen waren, um im Park zu spielen, fanden das natürlich riesig spannend. Sie knobelten manchmal tagelang daran herum oder besprachen sich lange mit Freunden, um ihm irgendwann die Lösung präsentieren zu können. Dann schenkte er ihnen etwas Süßes oder eine andere Kleinigkeit. Es war ein Spiel.

Aber der Graf spielte dieses Spiel wirklich mit jedem. Egal, ob es der Bäcker war oder der Bürgermeister persönlich. Und ihr könnt euch sicher denken, dass es genügend Erwachsene gab, die sich dadurch veräppelt fühlten und bald nicht mehr gut auf ihn zu sprechen waren. Es wurde getratscht im Dorf und da und dort hieß es, er sei *verrückt* geworden.«

»War er es denn?«, fragte Anna.

»Was?«

»Verrückt?«

Opa Drechsler rieb sich den Schnurrbart.

»Tja«, sinnierte er, »sag du mir, was das genau bedeutet! Dieses Wort ist schnell ausgesprochen, weißt du. Vor allem von Leuten, für die es das Wichtigste im Leben zu sein scheint, nicht aufzufallen. Vielleicht bin ich nicht unbedingt der Richtige, um diese Frage zu beantworten ...«

Er blieb stehen und sah lächelnd an sich hinunter. Anna verstand. Fred dachte darüber nach. Sie gingen weiter.

»Im Jahr 1976, im Alter von 85, sagte und tat Graf Otto dann allerdings ein paar Dinge, die wirklich ... eigenartig waren. Es begann damit, dass er plötzlich von seiner *Sammlung* erzählte.

Dazu müsst ihr wissen, dass Otto von Finkenstein in jüngeren Jahren viel von der Welt gesehen hatte. Was der mir alles für Geschichten erzählen konnte! Jedenfalls verriet er mir eines Abends ein lange gehütetes Geheimnis. Nämlich dass er auf seinen Reisen in den Besitz vieler Schätze gelangt sei: seltener, wertvoller und durchweg *rätselhafter* Dinge von allen möglichen Orten und aus allen erdenklichen Zeiten. Er habe für viele der Stücke ein Vermögen ausgegeben, um sie zu bekommen. Anderen sei er jahrelang über den halben Erdball hinterhergejagt und bei manchen hätte es ihn sogar fast das Leben gekostet. Inzwischen verfüge er über die wahrscheinlich größte und kostbarste Rätselsammlung der Welt!«

»Exorbitant!«, hauchte Fred und sah aus, als würde er vor Staunen gleich in Ohnmacht fallen.

»Mund zu«, sagte Anna amüsiert, und zu Opa Drechsler gewandt: »Und da behauptest du, es gibt in diesem Museum nichts Besonderes zu sehen?!«

»Nein«, antwortete er vorsichtig, »das habe ich nicht gesagt. Ich sagte nicht *nichts Besonderes*. Ihr müsst die Geschichte schon zu Ende hören:

Ich war wohl der Erste, dem der Graf davon erzählte, und großartig herumposaunt hat er es auch danach nicht. Trotzdem sprach sich die Sache in kürzester Zeit in Finkenberg herum.

Natürlich warfen sich sofort einige Großmäuler in die Brust und riefen: Da seht ihr's – der Alte spinnt! Wenn er seit wer-weiß-wann solche unermesslichen Kostbarkeiten besitzt, warum hat dann in all den Jahren niemand etwas davon gesehen? Warum sollte er einen solchen Schatz eine Ewigkeit in seinem Schloss verstecken, um dann als alter Mann auf einmal damit zu prahlen – und das, ohne auch nur das kleinste Stück als Beweis vorzulegen? Das tat Graf Otto nämlich tatsächlich nicht. Niemand bekam etwas zu sehen. Es sei noch nicht so weit, sagte er nur, wenn ihn jemand darum bat. Er scherte sich einfach nicht darum, ob man ihm glaubte.

Dann, im Frühsommer desselben Jahres begann er mit den Arbeiten für sein Museum. Er ließ einen Architekten kommen und der Südflügel des Schlosses wurde ausgebaut.

Monatelang fuhren Kolonnen von Lastwagen an den kopfschüttelnden Finkenbergern vorbei. Schließlich war das *Rätselmuseum Finkenstein* fertig. Das schien der Moment der Wahrheit zu sein. Das ganze Dorf war gespannt auf die Eröffnung – die, die ihm glaubten, und die andern natürlich erst recht. Was gäbe es in diesem Museum nun wirklich zu sehen?«

»Und?«, fragte Fred.

»Pssst!«, machte Anna.

»Otto eröffnete das Museum nicht. Nicht am nächsten Tag, nicht in der nächsten Woche und auch nicht im nächsten Monat. Als man ihn fragte, warum, entgegnete er wieder nur: Es sei noch nicht so weit. Erst müsse er einen geeigneten Museumsleiter finden.

Immer mehr Leute zweifelten jetzt daran, dass es jemals so weit sein würde. Selbst viele von denen, die ihn mochten, kratzten sich verlegen am Kopf, als sie das hörten. Der eine oder andere sagte vielleicht: Na ja. Immerhin ist er alt. Wenn er das Museum jetzt aufmacht – wer weiß, wie lange er sich noch selbst darum kümmern kann? Und was wird dann daraus werden? Er will eben vorsorgen.

Sie warteten nun darauf, dass er eine Stelle in der Zeitung ausschrieb, jemanden zu einem Bewerbungsgespräch einlud – irgendetwas in dieser Richtung. Aber Otto machte nichts dergleichen. Stattdessen ließ er wieder Arbeiter kommen – und baute das da!

Nora

Anna und Fred fuhren mit den Köpfen herum, um zu sehen, worauf Opa Drechsler zeigte. Sie hatten eben den Wald verlassen und der Weg führte durch eine wilde Wiese. Rechts endete diese in einiger Entfernung an einer hohen Baumreihe, die über einer langen und ziemlich hohen Mauer aufragte. An einer Stelle stand diese Mauer ein gutes Stück nach vorn und bildete eine große, auffällige Ausbuchtung, die aus einer anderen Steinsorte bestand.

»Was ist das?«, fragte Anna.

»Ein Labyrinth.«

»Ein Labyrinth«, wiederholte Fred und ließ den Mund offen.

»Es führt wahrscheinlich ins Innere der Umfriedungsmauer«, erklärte Opa Drechsler. »Das heißt: auf das Finkenstein'sche Anwesen. Von dort aus gibt es jedenfalls auch einen Zugang zum Labyrinth. Ich kenne allerdings niemanden, der jemals den Weg hindurch gefunden hätte, obwohl es viele probiert haben. Na ja. Bei Otto weiß man nie – gut möglich, dass es gar keinen Weg hindurch gibt. Vielleicht enden beide Zugänge in einer Sackgasse.«

Opa Drechsler und Anna schickten sich an weiterzuschlendern, aber Fred rührte sich nicht von der Stelle.

»Von so einem Labyrinth hat Mama uns einmal vorgelesen.« Er blickte eine Weile in Richtung des seltsamen Bauwerks. Schließlich fragte er: »Ob es darin wohl einen *Minotaurus* gibt?«

»Einen was?!« Anna schüttelte den Kopf. »Ist das nicht diese Sagengestalt: Mensch mit Stierkopf? Jetzt sag bloß, du glaubst noch an so was!«

»'türlich nicht.«

Einen Moment lang gingen sie schweigend weiter. Der Weg führte jetzt leicht bergab und zunächst wieder von der Mauer weg. Opa Drechsler hatte also noch Zeit, seine Geschichte weiterzuerzählen.

»Nach und nach entwarf Otto von Finkenstein noch eine Menge anderer merkwürdiger Objekte, die er überall auf dem Gelände aufstellen ließ. Ihr werdet sie ja gleich sehen. Die Monate zogen dabei ins Land und sein Museum schien er völlig vergessen zu haben. Als die Finkenberger mitbekamen, was da oben vor sich ging, war auch der Letzte überzeugt, dass der alte Graf nicht mehr richtig tickte. An die *Sammlung* glaubte niemand mehr so recht ...«

»Aber das Museum gibt es doch?«, fragte Fred unruhig. »Es wurde doch eröffnet?«

»Das schon. Aber nicht von Otto.«

»Sondern?«

»Von seiner Nichte«, sagte Anna. Sie spürte es fast nicht, als Opa Drechsler ihr mit dem Zeigefinger über die Stirn fuhr.

»Nora von Finkenstein. Sie lebte mit ihrer Familie drüben in Neuenheide. Von Zeit zu Zeit kam sie herüber, um ihren Onkel zu besuchen und ein wenig bei ihm nach dem Rechten zu sehen. Der Graf liebte sie sehr und auch ich mochte sie gern. Sie schaute auf dem Weg hinauf zum Schloss manchmal bei mir vorbei, um ein kleines Schwätzchen zu halten.

Ich erinnere mich, dass sie eines Tages sehr besorgt war. Sie hatte mitbekommen, was die Leute im Ort über Graf Otto redeten. Wir kannten ihn beide zu gut, um solche Gerüchte ernst zu nehmen. Er war verschroben und geheimnistuerisch. Aber dennoch bei klarem Verstand, da waren wir beide sicher. Einen Sinn ergab das, was er da machte, allerdings auch für uns nicht.

Ein paar Tage später tauchte sie vor meinem Gartenzaun auf und wedelte mit einer Zeitung. Es ging um die große Anzeige, die du in meinem Wohnzimmer entdeckt hast, Anna: Feierliche Eröffnung *Rätselschloss Finkenstein.*

Wir fuhren sofort rauf zum Schloss. Sie läutete, doch niemand machte auf. Nora kannte die Stelle, wo ihr Onkel den Ersatzschlüssel versteckt hielt. Sie öffnete die Tür. In der Eingangshalle rief sie nach ihm. Stille. Sie stieg die lange Treppe hinauf und blieb vor der Tür zu seinem Schlafzimmer stehen. Sie rief noch einmal nach ihm. Nichts. Sie drückte vorsichtig die Klinke hinunter und trat ein.«

»Ich will nicht wissen, wie es weitergeht«, sagte Anna.

»Wieso?«, sagte Fred. Anna blickte unverwandt zu Opa Drechsler.

»War er …?«

»Ja«, sagte Opa Drechsler. »Er lag mit einem friedlichen Lächeln in seinem großen Himmelbett – und war tot. Nora hat mir das später erzählt. Aber als ich damals in der Halle stand, kam sie nur langsam die Treppe herunter und ging an mir vorbei. Sie öffnete die versteckte Tür zum Südflügel und betrat das Museum. Dort verbrachte sie mehrere Stunden. Ich wusste nicht, was ich tun sollte. Also wartete ich.

Schließlich kehrte sie zurück, stellte sich neben mich und sah lange Zeit aus dem Fenster. Irgendwann nickte sie, öffnete die Tür und ging zurück zum Wagen. Noch am selben Tag veranlasste sie alles Notwendige.«

»Und was war das?«, fragte Anna. Sie schluckte, obwohl ihr Hals trocken war.

»Das war zweierlei, nämlich …« Opa Drechsler blickte auf und hielt plötzlich inne.

»Wir sind da«, wisperte er und zeigte nach vorn.

Finkenstein

Die mächtige Mauer des Anwesens erstreckte sich über die ganze Breite ihres Blickfelds. Direkt vor ihnen war ein großes schmiedeeisernes Tor. Opa Drechsler marschierte darauf zu und stemmte sich dagegen. Mit lautem Quietschen gaben die Flügel nach.

»Willkommen auf Finkenstein!«

Die beiden Kinder hatten irgendwie das Gefühl, etwas Verbotenes zu tun, als sie hindurchschlüpften und sich auf dem Gelände umschauten. Vom Schloss selbst war noch nichts zu sehen. Auf weitläufigen grasbewachsenen Hügeln standen Bäume der unterschiedlichsten Arten. Dazwischen gab es andere Gegenstände, die man aber nicht richtig erkennen konnte. In gespanntem Schweigen schritten sie langsam über den knirschenden Kiesweg.

Ein hellgraues Ding, rechts ein Stück den Rasen hinauf,

entpuppte sich beim Näherkommen als steinerne Statue auf einem Sockel.

»Ist das der Graf?«, sagte Fred.

»Nein«, antwortete Opa Drechsler. »Auf so eine eitle Art hätte er sich nie ein Denkmal gesetzt. Das muss irgendein griechischer Gott sein. Steht wahrscheinlich auf dem Sockel.«

Anna sah, dass ihr Bruder auf die Statue zusteuerte. Aber bevor andere Dinge wichtiger wurden, wollte sie das Ende der Geschichte hören und fragte schnell:

»*Was* hat sie denn nun veranlasst – seine Nichte? Nora.«

Fred schwenkte wieder ein und lauschte, wie der Alte zu Ende erzählte.

»Zum einen natürlich die Beerdigung. Das war eine ziemlich große Sache, mit Blasmusik und allem Drum und Dran. Das ganze Dorf und fast noch einmal so viele Leute von außerhalb waren anwesend. Denn was auch immer sie von ihm hielten, eine Berühmtheit war Otto in der Gegend auf alle Fälle gewesen.

Dass aber *so* viele kamen, lag sicher auch an der zweiten Sache, die Nora angekündigt hatte. Sie hatte Ottos Zeitungsankündigung bestätigt! Direkt im Anschluss an das Begräbnis lud sie zur feierlichen Eröffnung des Rätselmuseums Finkenstein!«

»Stinken fein!«

»Was?« Anna warf ihrem Bruder einen irritierten Blick zu. Fred war wirklich ein schlechter Zuhörer. Er zeigte nach links, wo im Gras ein Schriftzug aus gemusterten steinernen Buchstaben stand.

»Das ist ein Anagramm … alter Hut, so was kennen wir doch schon lange«, sagte sie. »Und bevor du fragst: Ja! Die Pyramide und diesen Marmortisch da hinten sehen wir auch!«

»Ich glaube, das ist eine Sonnenuhr«, sagte Fred etwas kleinlaut. Anna reagierte nicht und wandte sich stattdessen Opa Drechsler zu: »Und dann?! Komm schon!«

»Dann? Dann wurde es spannend. Die ganze Trauergemeinde versammelte sich da oben um den Obelisken, vor dem Eingang des Museums …«

Die Kinder sahen erst jetzt, dass sie nun keine dreißig Meter mehr vom Schloss entfernt waren. Unter dem dichten Laubwerk der Bäume war rechts bereits das alte Gemäuer zu erkennen. Direkt vor ihrer Nase führten ein paar moosige Steinstufen auf eine große Terrasse, auf der sich ein langer, spitz zulaufender Pfeiler erhob. Opa Drechsler zog feierlich das Pagenkäppi aus der Handtasche, setzte es auf und fistelte als *Oma* Drechsler: »Dör Hörr Bürgermeister zerschnütt würdevoll das rote Band …«

Die beiden Kinder folgten, traten aus dem Schatten der Bäume und vor ihnen erhoben sich majestätisch die verwinkelten Türme und Zinnen des Schlosses im grellen Sonnenlicht. Auf einem von Säulen getragenen Vordach stand in großen Lettern gemeißelt: RÄTSELMUSEUM SCHLOSS FINKENSTEIN. Darunter waren die Flügel einer schweren Holztür weit geöffnet.

»Er trat ein, dücht gefolgt von dön anderen erwartungsvollen Gästen …«

Die drei schritten durch das Portal ins Innere des Museums, wo ihre Augen sich erst einmal an das Dämmerlicht gewöhnen mussten.

»Und dann sahen sü …«

Anna blinzelte. Fred rieb sich die Augen. Mit angehaltenem Atem spähten sie in die dunkle Eingangshalle. Sie sahen eine in die Wand eingelassene Marmortafel mit den Worten EINTRITT FREI, TÄGLICH 10^{00} – 18^{00} UHR. Sie sahen einen enormen Kronleuchter von der Decke hängen. Sie sahen einen burgunderroten Teppich auf dem Parkettboden, der nach links durch eine Flucht von hohen Sälen führte, in denen Vitrinen, flache Podeste und hüfthohe Stelen standen. An den Wänden hingen etliche Bilderrahmen. *In* diesen Rahmen und Vitrinen, *auf* den Stelen und Podesten aber sahen sie …

»Nichts?«, flüsterte Anna. »Das Museum ist … leer?! Es gibt hier gar nichts zu sehen?!«

»Das war ös, was mein *Cousin* Paul Drechsler göstern Abend gesagt hat, wenn üch müch röcht erünnere«, entgegnete Oma Drechsler.

»Aber das ist doch völlig Banane!« Anna konnte es nicht fassen. »Der Graf redet von einem Riesenschatz, richtet dann ein *leeres* Museum ein und seine Nichte macht es tatsächlich auf?!«

»Und sü hat es 28 Jahre lang geleitet.«

»Dann war sie ja noch verrückter als ihr Onkel!«

Oma Drechsler machte ein betrübtes Gesicht.

»Genau zu düsem Schluss ist damals ganz Fünkenberg gekommen. Mein Cousin allerdings üst nach wü vor überzeugt, dass das nücht stümmt. Was man nücht versteht, soll man nücht beurteilen, sagt er ümmer.«

Anna blickte zu Boden.

»Was ist eine Jefferson-Walze, Op… Oma Drechsler?«, rief

Fred, der mittlerweile losgezogen war und im ersten Saal über eins der Podeste gebeugt stand. Sie gingen zu ihm und Anna entdeckte ein kleines weißes Schildchen, das an dem Podest befestigt war: *Jefferson-Walze, 1790, Prototyp.* Oma Drechsler schüttelte ratlos den Kopf. Fred rannte unbeirrt zum nächsten Schild.

»Und wer war Leon Battista Alberti?«

»Das weiß üch auch nücht. Aber es gübt hür eine Büblüothök!«

»Mit leeren Regalen?«, sagte Anna.

»Mein Vötter Paul meint, sü sei gut bestückt«, erwiderte Oma Drechsler mit gespielter Gekränktheit. Anna nickte gelangweilt und sah Fred zu, der wie ein Schmetterling von einem Schild zum andern flatterte und dabei unentwegt Wörter wie *Chiffrierscheibe, Enigma* und *polyalphabetisch* vor sich hin murmelte, bis er durch einen hohen Durchgang im nächsten Saal verschwunden war. Dass die Hinweistäfelchen überhaupt nichts hatten, worauf sie hinweisen konnten, schien ihn nicht im Mindesten zu stören.

»Fred ist schon ein erstaunliches Bürschchen«, sinnierte Oma Drechsler. »Mein Vötter Paul würde sagen …«

»Sag mal, warum muss das eigentlich sein?!«, sagte Anna.

Oma Drechsler schaute irritiert.

»Ich meine dieses Geflöte von deinem *Vötter* Paul Drechsler, du bist doch sel…«

»Pssst!« Oma Drechsler starrte wie versteinert über Annas Kopf hinweg und zischelte: »Es ist seinetwögen …«

Detlef

Anna drehte sich um. Am anderen Ende des Saales stand ein Mann. Er war groß und hager, hatte graue Schläfen, trug einen schicken dunklen Anzug und ein fein gemustertes Seidentuch um den Hals. Doch das Auffälligste an ihm war die Farbe seiner Augen, die von einem so hellen Grün waren, dass die Pupillen geradezu gespenstisch hervorstachen. Er lehnte lässig an der Wand und bohrte seinen abschätzigen Blick in Annas Augen. Dann nahm er Oma Drechsler ins Visier und mustere sie von oben bis unten.

»Ich wusste nicht, dass Drechsler eine Cousine hat«, raunte er, »aber die Familienähnlichkeit ist unübersehbar.« Er entblößte die Zähne zu einem höhnischen Lächeln.

»Ja, das hören wür oft.«

Der Mann nickte, als müsse er darüber nachdenken.

»Ihr Vetter ist ein gefährlicher Verbrecher, gnädige Frau«, sagte er nach einer Weile. »Er hat hier offizielles Hausverbot, vielleicht ist Ihnen das nicht bekannt. Sollte er auf den Gedanken kommen, sich in diesem Gebäude noch einmal blicken zu lassen, wird er von der Polizei abgeholt. Erinnern Sie ihn doch freundlicherweise daran, wenn Sie ihn sehen.«

Anna bemerkte Schweißperlen auf der Stirn unter dem lila Schleier.

»Ich weiß nicht, was *Sie* mit diesen *Gören* hier zu suchen haben«, fuhr der Mann fort und wedelte mit schlaksiger Hand in Annas Richtung, »aber falls Sie an einer seiner hinterlistigen Schurkereien beteiligt sind, seien Sie gewarnt. Ich kriege alles mit, was hier drin vor sich geht. Und jetzt verschwinden Sie besser!«

Damit drehte er sich um. Oma Drechsler kreischte ihm hinterher: »Mein Cousin raucht einen wie Sü in der Pfeife, Sü … Und düse Künder erst röcht! Außerdem dürfen wir hür sein, solange wür wollen.«

Aus dem Nachbarsaal hallte ein hämisches Lachen.

»Noch, meine Liebe! Noch! Sprechen wir nächste Woche wieder darüber.«

Oma Drechsler sackte in sich zusammen und grummelte mit der Stimme ihres Cousins: »Armleuchter.«

»Verstehe«, sagte Anna, als die Schritte sich entfernt hatten, »seinetwögen. Wer war das?«

»Detlef von Finkenstein«, flüsterte Opa Drechlser unter dem Schleier hervor, »Noras Sohn. Der Großneffe des alten Grafen.«

»Aha. Kommt wohl nicht nach der freundlichen Mutter, wie es scheint. Und *dem* gehört jetzt hier alles?«

»Das hätte er gern! Dann könnte er aus dem Park einen Golfplatz machen und hier drin so einen aufgeblasenen Club dazu einrichten.«

»Verstehe. Aber seine Mutter Nora hat das durch ihr Testament verhindert, richtig? Was hat dieser Detlef nun angezettelt? Was passiert nächste Woche?«

»Potzblütz. Dir kann man nichts vormachen, wü? Aber hier im Musöum kann ich dir das unmöglich erzählen – in diesem Punkt sollten wir Dötlef nicht unterschätzen ... Die Wände haben hier Ohren.« Oma Drechsler sah sich um. »Wo üst eigentlich Derfred?«

Fred war wie vom Erdboden verschluckt. Also suchten sie ihn. Die Ausstellungsräume boten alle das gleiche Bild: leere Rahmen, leere Schaukästen. Anna machte sich nicht die Mühe, die Schildchen zu entziffern. Sie wusste ja, dass Fred ihr später jeden einzelnen Text haarklein herunterbeten konnte.

Es waren insgesamt sieben Säle und Fred war im allerletzten. Er stand wie eine Salzsäule in der hintersten Ecke und wandte den Blick nicht von einer Stelle an der Wand, die vom Eingang aus durch einen wuchtigen Kamin verdeckt war.

»Komm, Fred«, rief ihm Anna zu, »wir gehen.«

Keine Reaktion. Mit ungeduldigem Kopfschütteln rief sie noch einmal nach ihm: »Fre-ed!«

Oma Drechsler spazierte langsam zu ihm hin, legte einen Arm um seine Schulter, folgte seinem Blick und – erstarrte.

»Hallo?«, sagte Anna.

Doch jetzt waren es zwei Salzsäulen. Sie ging nachsehen, was die beiden da wohl Faszinierendes vor sich hatten. Zunächst sah sie nur eine Wand voller Rahmen, natürlich alle leer. Doch dann wies Fred auf einen sehr kleinen unauffälligen, ganz in der Ecke. Sie sah genauer hin.

Du findest das Bild auf der Umschlaginnenseite vorne im Buch.

»Da ist was drin! Was ist *das* denn?«

»Albrecht Dürer, Melencolia I, Kupferstich 1514, Zustandsdruck«, las Fred von dem zugehörigen Schildchen ab.

»Albrecht Dürer. Wer war das noch gleich?«, fragte Anna.

Oma Drechsler lüftete ihren Schleier, legte ihr Käppi auf einem der Schaukästen ab und – *ihr Vetter* schob seine Nase dicht an das Bild heran.

»Einer der größten deutschen Künstler aller Zeiten«, sagte er.

»Exorbitant!«, sagte Fred.

»Das kannst du laut sagen«, raunte Opa Drechsler, »nein, halt! Lieber nicht!«

Er linste vorsichtig um die Ecke des Kamins in Richtung des Saaleingangs, dann wandte er sich wieder mit Verschwörerstimme den Kindern zu: »Bei der Eröffnung damals ging niemand weiter als bis zum zweiten Saal. Ich auch nicht. Wozu auch? Und die paar Leute, die seitdem jedes Jahr hier auftauchen, nur um sich davon zu überzeugen, dass es dieses *absurde* Museum wirklich gibt, bleiben sowieso im vorderen Bereich. Detlef interessiert sich einen Dreck für das Museum. Wenn ich mich nicht sehr täusche, Fred, bist du wohl außer Nora von Finkenstein der Einzige, der dieses Bild jemals entdeckt hat!«

Fred nahm diese Nachricht mit Gleichmut auf, aber seine große Schwester platzte fast vor Stolz.

»Es würde mich nicht wundern«, fuhr Opa Drechsler fort, »wenn in diesem kleinen Bild ein großes Geheimnis steckt! Vielleicht sogar die Erklärung für diese ganze angeblich so verrückte Sache.« Er machte eine ausladende Geste, die das Museum und den ganzen Park umfasste.

»Kann schon sein«, meinte Fred und wandte sich wieder dem Stich zu. »Habt ihr gesehen, was da steht?«

»Du meinst das da in dem Fähnchen?«, fragte Anna.

»Das ist eine Banderole.«

Annas Stolz verflog schlagartig. »Schlaumeier! Was soll das heißen: TNEMATSET NIEM?«

»Hm«, machte Opa Drechsler.

»Tja«, machte Anna.

»Mordnilap-Blah«, machte Fred.

»Was?«

»Halb-Palindrom.«

»Hä?«

»Wenn ein Palindrom etwas ist, das man von vorne *und* von hinten lesen kann, dann würde ich das hier ein Halb-Palindrom nennen …«, schulmeisterte Fred.

Opa Drechsler kniff die Augen zusammen und kicherte dann sein Spezialkichern, allerdings ziemlich leise. »Bemerkenswertes Bürschchen«, flüsterte er.

Dann sah Anna es auch: »MEIN TESTAMENT!«, rief sie laut aus und erschrak im selben Moment über ihr eigenes Echo, das scheinbar endlos durch die leeren Säle hallte.

Dürers Gedicht

Eine Weile herrschte betretene Stille, in der Anna sich unter Opa Drechslers mahnendem Blick die Hand auf den Mund presste, als könnte sie so ihren Aufschrei zurückholen.

Dann hörten sie Schritte. Sie kamen schnell näher. Fred, der den Auftritt von Detlef vorhin nicht mitbekommen hatte, wollte gerade fragen, was los sei, als Anna schnell *seinen* Mund zuhielt, während Opa Drechlser die beiden im selben Moment hinter den Kaminvorsprung schob und sich dazudrängte.

Die Schritte wurden lauter, bis jemand deutlich hörbar den Raum betrat. Dann blieb er stehen. Anna sah nicht viel außer Opa Drechslers lila Kleid direkt vor ihrer Nase, doch sie wusste, dass Detlef in diesem Moment mit seinen stechenden Augen den Saal absuchte. Sie reckte ein wenig den Kopf – da sah sie es!

Harmlos und unbekümmert lag neben ihnen auf der Vitrine – vom Eingang aus gut sichtbar – das Pagenkäppi! Opa Drechsler hatte es offenbar auch gerade bemerkt, denn es entfuhr ihm ein kaum vernehmbares Stöhnen. Regungslos standen die drei da und hielten die Luft an: Wenn Detlef sie jetzt entdeckte, wüsste er nicht nur von dem Bild, sondern würde den ungetarnten Opa Drechsler mitsamt den Kindern rauswerfen, ohne dass sie überhaupt die Chance hatten, die Sache näher zu untersuchen …

Doch auf einmal entfernten sich die Schritte wieder. Als sie ganz verklungen waren, verharrten die drei noch eine volle Minute regungslos, ehe der Alte hauchte: »Puh, das war knapp!«

»Wer war das?«, fragte Fred.

»Der neue Hausherr, Detlef«, antwortete Anna. »Unser Glück, dass er anscheinend so ein eitler Pfau ist. Nur deshalb hat er vermutlich das Käppi nicht entdeckt!«

»Versteh ich nicht.«

»Na ja«, erklärte sie. »Du kannst das nicht wissen, Fred. Aber als ich ihn vorhin gesehen habe, ist mir etwas aufgefallen: Aus seiner Tasche lugte deutlich eine Brille hervor!«

»Richtig«, sagte Opa Drechsler, »das hatte ich ganz vergessen. Detlef war schon als kleiner Junge extrem kurzsichtig. Und zu etepetete, um seine Brille aufzusetzen!«

»Gut kombiniert«, sagte Fred zu Anna.

»Danke«, antwortete sie. »Und ich kombiniere noch etwas: Nichts gegen dein Outfit, *Oma*. Aber falls er seine Brille *doch* einmal auf der Nase hat, solltest du ihm besser nicht zu nahe kommen!« Opa Drechsler nickte und setzte seine Tarnkappe wieder auf. Dann raunte Anna: »Okay, ich weiß, was wir als Nächstes machen: Opa Drechsler, hast du nicht ein Foto-Handy?«

»Ja, wieso?«, antwortete er.

Anna zog eine Augenbraue hoch. »Damit wir das Bild fotografieren können«, sagte sie geduldig, »oder wollt ihr es stundenlang *hier drin* besprechen? Dann können wir diesen Detlef gleich zurückrufen und ihn fragen, was *er* davon hält!«

Nachdem Opa Drechsler das Foto gemacht und Fred die Kamera an sich genommen hatte, um zu prüfen, ob es auch scharf war, schlichen die drei zum Saaleingang und spähten vorsichtig um die Ecke. Sie wollten Detlef heute nicht unbedingt ein drittes Mal begegnen. So arbeiteten sie sich durch die sieben Säle, bis sie zurück in die Halle gelangten. Dort blieb Fred plötzlich stehen.

»Was ist?«, fragte Anna.

»Hab was vergessen«, murmelte er und war schon wieder in den Tiefen des Museums verschwunden. Nach kurzer Zeit kam er zurückgerannt, schoss an den beiden vorbei und rief: »Kommt ihr jetzt, oder was?«

Kopfschüttelnd folgten sie ihm in den Park. Fred lief auf eine Bank am Wegesrand zu, setzte sich, packte das Handy aus und starrte auf das Display.

»Das müssen wir wahrscheinlich zu Hause ausdrucken«, ächzte Opa Drechsler, indem er sich neben ihn setzte. »So kann man sicher nicht viel erkennen.«

»Auf dem Foto, das ich eben noch schnell gemacht habe, sieht man genug«, antwortete Fred und hielt triumphierend das Handy hoch. »Alles hat zwei Seiten!«

Das Foto zeigte nicht den Kupferstich, sondern ein weißes Blatt im selben Rahmen. Anna sah genauer hin: Es war die Rückseite des Bildes und darauf stand etwas geschrieben! Aufgeregt las sie vor:

Bald gezählt sind meine Tage,
aber dies will ich noch tun,
daß ich meinem Erben sage:
»Du bist es!« Dann kann ich ruhn.

Diesen meinen letzten Willen
leg ich ab an sich'rem Ort,
wo er harren soll im Stillen,
bis ihn jemand holt von dort.

Sieben Rätsel mußt du finden,
willst du der Entdecker sein.
Kannst du alle überwinden,
ist mein letzter Wille dein!

Otto von Finkenstein, 20. März 1977

»Potzblitz!«, sagte Opa Drechsler.

»Exorbitant!«, sagte Fred.

Das alte Testament

Aufgeregt durcheinanderschwatzend besprachen sie nun die Lage: Otto hatte also *doch* ein Testament gemacht! Aber seit dreißig Jahren wusste niemand davon, weil er es irgendwo versteckt hatte. Und man konnte es nur finden, wenn man zuvor sieben Rätsel löste, was wohl – wie er selbst in dem Gedicht andeutete – ziemlich schwierig war. Aber warum hinterlegte er seinen letzten Willen nicht einfach bei einem Notar, wie jeder andere auch? Seltsam.

»Also. Was wissen wir?«, sagte Anna. »Unterbrich mich, wenn ich falsch liege! Nora hat als Ottos einzige Verwandte nach seinem Tod vor dreißig Jahren alles geerbt, weil es von ihm *scheinbar* kein Testament gab, richtig?«

Opa Drechsler nickte.

»*Sie* wiederum hat dann aber ein Testament hinterlassen, als sie vor …«

»Anderthalb Jahren.«

»… als sie vor anderthalb Jahren gestorben ist. Darin hat sie verfügt, dass das Museum weitergeführt werden soll. Von ihrem Sohn Detlef. Der will das aber nicht, sondern möchte lieber einen Golfklub daraus machen. Deshalb hat er irgendwas in Gang gebracht, das nächste Woche …« Anna runzelte die Stirn. Sie spürte, sie war jetzt kurz davor, die Fäden zu entwirren.

»Wahrscheinlich hat er das Testament *angefochten*«, sagte Fred.

»Angefochten?«

»Den Ausdruck kenne ich von Udo. Er bedeutet, jemand will ein Testament vom Richter für ungültig erklären lassen.«

»Du sagst es.« Opa Drechsler klang ziemlich niedergeschlagen. »Er behauptet vor Gericht und vor allen Leuten, seine eigene Mutter sei *nicht geschäftsfähig* gewesen.«

»Und das heißt?«

»Verrückt«, sagte Fred leise.

Die drei schwiegen eine Zeit lang. Da war dieses Wort schon wieder und diesmal hatte es einen besonders bösen Klang.

Anna hatte auch oft Streit mit ihrer Mutter. Aber in aller Öffentlichkeit so etwas über sie zu sagen? Und zu unterschreiben! Dass jemand so weit gehen konnte, trieb ihr einen Schauder über den Rücken. Dieser Detlef war ja noch schlimmer, als sie gedacht hatte. Der war ja zu allem fähig! Doch dann fiel ihr plötzlich etwas anderes ein. Und ihr ging ein mächtiger Seifensieder auf!

»Moment mal! Nächste Woche wird also darüber entschieden, ob er Recht bekommt? Ob Noras Testament für ungültig erklärt wird?«

»Am Montag, ja.«

»Wenn das geschieht, wird Detlef nicht nur das Museum schließen! Dein Wohnrecht im Gärtnerhäuschen ist ja ebenfalls in Noras Testament festgelegt. Er will dich rausschmeißen. Weil du irgendwelche *Schurkereien* mit ihm angestellt hast!« Anna grinste. »Was war das denn genau?«

Opa Drechsler rutschte unruhig auf der Bank hin und her.

»Ist das denn jetzt so wichtig? Sollten wir nicht lieber …«

»*Endlich* anfangen, die sieben Rätsel zu lösen?!«, unterbrach Fred, dem die ganzen alten Geschichten allmählich zu kompliziert wurden.

Anna sah ihn ausdruckslos an. Auf einmal rief sie: »Natürlich! Wir wissen jetzt, dass Graf Otto *doch* ein Testament gemacht hat. Darin hat er damals schon Opa Drechslers Wohnrecht festgelegt, das hatte er versprochen! Wenn wir also *Ottos* Testament finden, ist das von *Nora* gar nicht mehr wichtig. So können wir dein Häuschen retten!«

Opa Drechsler hatte ein Funkeln in den Augen. Er klappte sein Oma-Visier herunter, sprang auf und trällerte: »Worauf warten wür noch? Wür haben bloß eine Woche Zeit und das hür würd kein Künderspül! Gehen wür nach Hause und nöhmen düsen Kupferstüch unter die Lupe!«

Fred und Anna strahlten über das ganze Gesicht. Wenn das Mama wüsste ... Jetzt wurde es rätselhaft, spannend und – gefährlich!

Wie sich zeigte, war die Sache nicht so einfach. Ein paar Stunden später saß Fred immer noch am Wohnzimmertisch und starrte den Ausdruck des Kupferstichs an, ohne daraus schlau zu werden. Anna hockte mit Opa Drechsler am Computer. Sie suchten im Internet nach Wissenswertem über das Bild. Vielleicht müsste man die Bedeutung von Dürers Symbolen kennen, hatte er anfangs behauptet, um zu verstehen, wie der Graf in seiner Kopie eine Botschaft versteckt hat. Doch mittlerweile klickte er nur noch halbherzig durch die Gegend.

»Die wissen alle auch nicht mehr als wir«, brummte er. »Seit fünfhundert Jahren versteht offenbar kein Mensch, was dieses Bild eigentlich bedeuten soll.«

»Wahrscheinlich hat Otto es deshalb ausgesucht«, sagte Anna niedergeschlagen. »Er hält uns zum Narren und der Hinweis, den wir suchen, ist ganz woanders versteckt.« Sie seufzte. »Oder vielleicht gibt es ja doch kein Testa...«

»Sagt mal«, unterbrach Fred, der davon nichts hören wollte,

»habt ihr inzwischen etwas über dieses Zahlenquadrat rechts oben herausbekommen?«

»Ach so, ja.« Opa Drechsler hob einen der alten Lexikonbände auf, die aufgeschlagen auf dem Boden lagen. »Das ist ein sogenanntes *Magisches Quadrat* oder auch … warte mal, wo war das … oder *Jupiter-Tafel*. Die waren wohl damals schwer in Mode. Das Raffinierte daran ist, dass die Zahlen in jeder Quer- und Längsreihe, wenn man sie zusammenzählt, dieselbe Summe ergeben.«

»Nö«, meinte Fred und lehnte sich enttäuscht zurück, »das *hier* ist etwas anderes.«

»Wie? Etwas anderes? Hier steht aber überall, dass in diesem Dürer-Bild die Summe immer 34 ist!«

Fred richtete sich schlagartig auf. Es blitzte in seinen Augen. Anna kannte dieses Blitzen. Sie sah ihn erwartungsvoll an.

»Dann können diese Kunstexperten entweder alle nicht rechnen«, sagte er, »oder wir haben den Hinweis des Grafen gefunden! Er hat *andere* Zahlen eingesetzt! Die müssen wir jetzt nur noch entschlüsseln …«

Tja, nur noch entschlüsseln ..., sagt Fred. Hast du eine Idee? Wenn du dir ansiehst, welches die höchste Zahl ist, kommst du vielleicht dahinter, wie der Code funktioniert.

Alle drei beugten sich stirnrunzelnd über das Papier.

»Tja, nur noch entschlüsseln«, meinte Anna und stupste ihren Bruder herausfordernd an. »Ich glaube, ich gehe inzwischen mal in die Küche, mache ein viergängiges Abendessen und nehme anschließend ein ausgiebiges Bad. Vielleicht lese ich danach noch ein oder zwei Bücher, und dann ...«

»Warte mal noch eine Sekunde«, sagte Fred gelassen, nahm einen Zettel zur Hand und notierte das Alphabet. Dann nummerierte er die Buchstaben durch, von A-1 bis Z-26. Die beiden anderen schauten ihm fasziniert über die Schulter. Eine nach der andern ersetzte er nun die Zahlen des Quadrats durch die entsprechenden Buchstaben und übersah auch nicht die beiden Punkte über der zweiten 15.

»So«, sagte er zufrieden, »was haben wir denn nun hier? Sieht so aus, als hätten wir morgen Mittag eine Verabredung im Park.« Er blickte auf und grinste von einem Ohr zum andern. »Und? Was kochst du uns denn nun zum Abendbrot?«

Mittwoch

4,9,5 – 19,15,14,14,5 – 19,3,8,5,9,14,20
1,21,3,8 – 8,9,14,20,5,18 – 4,5,14 – 23,15,12,11,5,14!
Karl Friedrich Wilhelm Wander

Die Sonnenuhr

Am nächsten Vormittag spazierten die drei an dem *Stinkenfein*-Schriftzug vorbei auf den Marmortisch, der dahinter stand, zu. Freds Vermutung, worum es sich dabei handelte, war richtig gewesen. Sie standen exakt um sieben Minuten nach halb zwölf vor der Sonnenuhr.

S O N N
E N U H
R U M Z
W Ö L F

Das war die Lösung gewesen. Fred hatte extra seinen Funkwecker mitgebracht, damit sie wirklich ganz genau die Zeit wussten. (Und der war übrigens nicht das Einzige, was er in seinen Rucksack gepackt hatte. Fred war ausgerüstet!)

Seiner Ansicht nach waren sie *eigentlich* viel zu spät dran. Schließlich sollten sie doch herausgefunden haben, was es mit der Sonnenuhr auf sich hatte, *bevor* es zwölf wurde. Sie mussten doch wissen, worauf sie dann zu achten hatten. Aber seine

Schwester war heute Morgen mal wieder nicht rechtzeitig aus dem Quark gekommen. Trotzdem war Fred ganz entspannt. Denn ihm war etwas eingefallen, das die beiden anderen offensichtlich nicht bedacht hatten.

Warum könnten die drei mehr Zeit haben, als Anna und Opa Drechsler bewusst ist? Überleg dir, in welcher Jahreszeit die Geschichte spielt …

Inzwischen war Anna hellwach und machte sich emsig an dem Gebilde zu schaffen. Sie vermaß jedes Detail mit dem Zollstock. Die Uhr bestand aus einem kreisrunden Marmortisch, auf dem eine runde Scheibe aus demselben Material lag – sozusagen das Zifferblatt. Nur waren statt der Ziffern zwölf seltsame längliche Zeichen aus einer schwarzen Steinsorte eingelegt, die in der Mitte zusammentrafen. Aus dem Mittelpunkt der Scheibe ragte senkrecht nach oben ein schmiedeeiserner Pfeil.

»Länge exakt dreiundzwanzig Zentimeter«, rief Anna vom Steintisch herunter und klappte den Zollstock zusammen. Sie sprang auf eine der kreisförmig um den Tisch angeordneten Sitzbänke und von da auf den Boden. Opa Drechsler notierte dann auch dieses Maß in Freds Büchlein.

Fred glaubte nicht, dass diese Informationen wirklich zu etwas nütze waren, aber seine Schwester fühlte sich nun mal wohler, wenn sie etwas zu tun hatte. Mit offenem Mund herumstehen war in ihren Augen eher *seine* Sache. Das stimmte letztlich auch, allerdings zog er die Bezeichnung *konzentriert nachdenken* vor.

Die eigenartigen Zeichen auf der Platte konnte er allerdings bisher leider überhaupt nicht deuten, darum fing er mit seiner Analyse ganz von vorne an.

»Warum stellt jemand Sitzbänke um eine Sonnenuhr?«, fragte er.

»Damit man der Zeit in Ruhe beim Vergehen zusehen kann?«, schlug Opa Drechsler vor. Fred schüttelte abwesend den Kopf.

»Zu kompliziert … He, was machst du denn jetzt?« Anna versperrte ihm die Sicht, als sie gerade Stück für Stück den Marmor abklopfte.

»Vielleicht klingt es irgendwo hohl!«, rief sie. Fred verdrehte die Augen. Anscheinend rechnete sie damit, dass seit dreißig Jahren jeden Tag zur Mittagsstunde ein Kuckuck aus einer Klappe schnellte und eine geheime Botschaft verkündete!

Seine eigene Theorie war, dass der *Sonnenstand* um zwölf Uhr das Entscheidende war und irgendetwas sichtbar machte. Er blickte zum Himmel. Eine gigantische Wolke verdeckte die Sonne und machte bei dieser Windstille im Moment keine Anstalten, von dort zu verschwinden. Gestern hatte er den ganzen Tag kein einziges Wölkchen gesehen! Er schaute auf den Wecker: 11 Uhr 53 und 45 Sekunden …

Anna hatte das Klopfen aufgegeben und war stattdessen dazu übergegangen, an verschiedenen Punkten zu drücken. Dabei drehte sich plötzlich mit einem leicht scheuernden Geräusch die Zifferblatt-Scheibe ein kleines Stück auf ihrer Auflage.

»Huch«, sagte sie, kümmerte sich aber nicht weiter darum,

sondern begann an einigen Stellen zu kratzen. Ihr Bruder allerdings klappte den Mund zu.

»Drehbar?!«, murmelte er. »Was für einen Sinn hat eine drehbare Sonnenuhr? Wenn die Stundeneinteilung nicht fixiert ist, kann man ja nicht die Zeit davon ablesen!«

»Tja«, meinte Opa Drechsler, »keine Ahnung. Aber auf deine Frage von eben hätte ich jetzt eine unkomplizierte Antwort: Die Bänke stehen hier, damit man sich hinsetzen kann!« Mit diesen Worten und einem bescheidenen Lächeln wollte er sich just niederlassen, als er mit Schrecken sah, was Anna *jetzt* machte: Mit eichhörnchenflinken Bewegungen war sie dabei, den Baum hochzuklettern, der nahebei stand. Sie hatte bereits eine beträchtliche Höhe erreicht.

»Um Himmels willen, Kind!«, rief der Alte und hechtete zum Baumstamm. »Komm da sofort wieder runter!«

»Ich wollte nur mal den Blickwinkel ändern«, antwortete Anna beruhigend. »Keine Bange, ich habe so etwas schon öfter gemacht. Bin immer wieder heruntergekommen.«

»*Das* bezweifle ich nicht. In welchem *Tempo*, macht mir Sorgen.«

»Du solltest diese Klamotten nicht zu oft anziehen«, kicherte Anna, »du hörst dich schon an wie eine *richtige* Oma!«

»Also, das ist doch …«

Fred kümmerte sich nicht um die beiden. Es wurde gerade viel heller. Er blinzelte zum Himmel: Die Wolke vor der Sonne verzog sich. So weit, so gut. *Hinsetzen,* dachte er, … hm. Klang vernünftig. Er nahm auf der Bank Platz, betrachtete das Zifferblatt und …

»Ich hab's!«

Um zu sehen, was er sieht, musst du vielleicht auch den Blickwinkel ändern.

Anna kletterte in null Komma nichts von ihrem Baum und kam mit dem erleichterten Opa Drechsler zu Fred.

»Setz dich genau hierhin«, sagte Fred zu ihr, »den Kopf noch ein Stück runter. Du musst ganz flach über die Oberfläche gucken. Kneif am besten ein Auge zu. Kannst du es sehen?«

»Jaaa!«, rief Anna. Ihr Bruder stellte sich neben die Tischplatte und drehte.

»Opa Drechsler! Schnell, das Notizbuch, wir haben nicht mehr viel Zeit!«, rief Anna. Sie las vor und Opa Drechsler schrieb mit:

FO LG DE MP FE IL

»Folg dem Pfeil!« Anna sah zweifelnd den pfeilförmigen Zeiger an. »Senkrecht nach oben?«

»Leute, Leute«, murmelte Fred, der seelenruhig zu seinem Rucksack gegangen war, um den Funkwecker herauszuholen. »So kann ich nicht arbeiten. Ein *bisschen* mitdenken müsst ihr schon. Ihr habt noch exakt … 47 Sekunden, um dahinterzukommen.«

Zwanzig Sekunden später klatschte Anna sich gegen die Stirn: »Logisch, der Schatten des Pfeils. Um zwölf Uhr zeigt er genau in die richtige Richtung!«

Fred nickte. »Okay, es geht los. Geh mit den Augen möglichst nahe an die Tischplatte, Anna! Wenn ich *jetzt* sage, peilst du den Schatten entlang. Bereit?«

»Alles klar!«

»10 … 9 … 8 … 7 … 6 … 5 … 4 … 3 … 2 … 1 … *Jetzt*!«

»Und wo zeigt er hin?«, fragte Opa Drechsler.

»Ich weiß nicht, irgendwie ist es …«

»Im Moment egal«, sagte Fred lächelnd. »Das hier war nur ein Probedurchlauf. Hat ja gut geklappt. Jetzt können wir ein bisschen im Park herumschlendern und in einer Stunde wiederkommen.«

»Was?!«, rief Anna. »In einer Stunde ist es *ein* Uhr. Sonnenuhr um *zwölf*, hat Graf Otto geschrieben!«

Nun fing auch Opa Drechsler an zu schmunzeln. Er tadelte Fred scherzhaft mit dem Zeigefinger.

»Du Schlawiner!«, sagte er nur.

»Was läuft hier eigentlich? Hätte jemand die Güte, mich aufzuklären?«

»Anna, du hast doch eine Armbanduhr. Wann hast du die das letzte Mal gestellt?«, fragte Opa Drechsler.

»Die geht eigentlich ziemlich genau, deshalb mache ich das nicht oft.«

»Dachte ich mir. Aber *einmal* hast du es dieses Jahr bestimmt schon gemacht, oder?«

»Hm«, überlegte Anna. »Ja, im März. Da habe ich sie eine Stunde vorgestellt auf … Sommerzeit!«

»Da liegt der Hase im Pfeffer!«, lachte der Alte. »Zu Graf Ottos Zeiten gab es noch gar keine Sommerzeit, die wurde erst 1980 eingeführt.«

»Die *Winterzeit* ist nämlich die wahre astronomische Uhrzeit und nach der ist es jetzt erst kurz nach elf«, ergänzte Fred.

»Und du kleiner Schlaumeier hetzt uns absichtlich durch die Gegend!« Anna ging ihm grinsend an den Hals.

Sie erkundeten ein wenig das Gelände, wobei Opa Drechsler viele interessante Dinge erklärte. Über die Götter und Fabelwesen, die die Steinplastiken darstellten, oder über die exotischen Baumarten, die Graf von Finkenstein überall im Park angepflanzt hatte.

»Zum Beispiel der da. Das ist ein *Ginkgo*. Seht euch mal diese eigenartigen Blätter an.« Er brach eines ab und gab es Anna.

»Die älteste Baumart der Welt, ein lebendes Fossil«, sagte Fred. »Oh, dahinten ist die Statue von gestern. Opa Drechsler, kannst du mal den Rucksack halten?«

Der Alte schwang ihn sich auf den Rücken, und schon war Fred verschwunden. Opa Drechsler und Anna gelangten zur Südterrasse mit dem Museumseingang.

»Da fällt mir ein: Wir sind gestern gar nicht mehr dazu gekommen, die Bibliothek anzusehen. Ich muss dir doch noch beweisen, dass sie *nicht* leer ist.«

Fred kehrte zurück und sagte: »Es ist ein Mann mit Toga und Harfe und auf dem Sockel stehen ein paar Takte Noten.«

»Dann ist es bestimmt Apollo, der griechische Gott der Musik«, sagte Opa Drechsler. »Was meinst du, Fred, wollen wir in die Bibliothek gehen? Wenn wir Glück haben, ist unser Freund Detlef gerade anderweitig beschäftigt.«

Aber Fred wollte sich lieber weiter im Park umsehen. Da Anna der ganze Steinkram nicht so sehr interessierte, war sie unbedingt für die Bibliothek. Opa Drechsler wog den Kopf und sah auf die Uhr an seinem Handy.

»Na gut«, sagte er zu Fred, »wir beide gehen kurz rein und treffen dich dann in zehn Minuten an der Sonnenuhr. Um fünf vor eins! Hast du eine Uhr?«

»Der Funkwecker ist im Rucksack.«

»Hier, nimm mein Handy, das ist praktischer.«

Fred steckte es ein und flitzte davon.

Die Bibliothek

In der Museumsvorhalle präsentierte Opa Drechsler wie ein Zirkusdirektor, der seine Glanznummer vorführt, eine unauffällige Holztür auf der rechten Seite. Ein weißes Emailleschild mit der Aufschrift *Bibliothek* war daran befestigt. Er griff zur Klinke und öffnete die Tür.

Die Bibliothek war nicht sonderlich groß, aber hoch. Außer der Fensterfront zur Rechten bestanden alle Wände nur aus Bücherregalen. Auf halber Höhe zur stuckverzierten Decke waren die Regalwände durch eine umlaufende Galerie abgeteilt, die über eine schmale Wendeltreppe auf der linken Seite zu erreichen war. Weitere Regale waren im Raum verteilt.

»Aha!«, sagte Anna. In die öffentliche Bibliothek, die sie von zu Hause kannte, ging man nur schnell, um sich ein Buch auszuleihen. Das hier war etwas anderes. Wer bisher nichts mit Lesen am Hut gehabt hatte, würde hier drin damit anfangen, dachte sie. Lag es an den ehrwürdigen braunen Sesseln, die überall herumstanden und so aussahen, als würde man, sobald man einmal saß, nie mehr freiwillig aufstehen? Oder an den hohen, mit schweren roten Plüschvorhängen drapierten Giebelfenstern, die den Raum mit einem unirdischen Licht durchfluteten? Den altmodischen Stehpulten, den Perserteppichen, den Lampenschirmen aus grünem Glas? Oder an den Gipsbüsten all der klugen Köpfe, die vor Jahrzehnten, Jahrhunderten oder vielleicht Jahrtausenden gelebt haben mochten und die gemeinsam mit ihren ver-

ewigten Gedanken nun hier an diesem Ort versammelt waren? Vermutlich lag es einfach an den Büchern. Es gab sie in allen Arten, Größen und Formen, es waren unzählige.

Anna ging langsam an einer der Wände entlang und strich dabei mit dem Finger über die unterschiedlichsten Buchrücken, neigte den Kopf und entzifferte gedankenverloren einige Titel:

Menon
Die Abenteuer des Huckleberry Finn
Alice hinter den Spiegeln
Mein Name sei Gantenbein
Jim Knopf und die wilde Dreizehn
Nikes Finten
Auf vielen Wegen
Jenseits von Eden
Dr. Brumm geht baden
West-östlicher Divan …

»Wie sind *die* denn sortiert?«

»Das habe ich nie durchschaut«, antwortete der Alte. »Anscheinend überhaupt nicht. Vielleicht wollte Otto, dass man Bücher nicht sucht, sondern findet.«

Interessante Theorie. Aber hat er recht? Oder sind die Bücher doch sortiert? Wieder so eine Sache, die im Moment anscheinend nicht wichtig ist …

»Jetzt müssen wir aber los, sonst kommen wir zu spät zur Sonnenuhr.« Sie gingen nach draußen.

Das Standbild sah aus wie ein enormes Schaukelpferd. Aber es hatte Räder unter den Hufen. Fred nickte. Das Trojanische Pferd. Als er näher herankam, vernahm er einen ganz schwachen Pfeifton. Er folgte dem Geräusch und entdeckte im Sockel der Statue, versteckt hinter einem kleinen Busch, mehrere nebeneinanderliegende Schlitze. Ein leichter Luftzug, der durch die Schlitze pfiff, erzeugte das Geräusch. Was hatte das zu bedeuten?

Als Fred den Sockel nachdenklich umrundete, stieß er plötzlich mit jemandem zusammen! Der Mann sah ihn von oben herab mit stechenden Augen an. Fred wurde ein bisschen mulmig zumute.

»Pass doch auf, du kleiner Trottel.«

»Tschuldigung«, antwortete Fred kleinlaut.

»Interessierst dich wohl für Kinderspielzeug, wie?«, sagte Detlef mit einem Seitenblick auf das Pferd. »Wenn du etwas Grips hättest, würdest du dir stattdessen das Schachbrett hinter der Terrasse ansehen.« Er zuckte die Achseln. »Aber du bist eben nur ein kleiner Trottel.«

Und damit stolzierte er von dannen.

»Ich darf doch mal, *Oma*«, sagte Anna unvermittelt und langte nach oben, um dem überraschten Opa Drechsler den Schleier vors Gesicht zu ziehen, als die beiden gerade die Terrassentreppe hinuntergestiegen waren. Doch es war schon zu spät.

»Sieh da, sieh da«, erklang Detlefs Stimme hinter ihrem Rücken von der Terrasse. »Wenn das nicht schon wieder Drechslers aufdringliche Verwandtschaft ist.«

Oma Drechsler zuckte kurz zusammen, fasste sich aber und sprach, ohne sich umzudrehen: »Anna, fündest du nücht auch, dass ös auf einmal ein büsschen söltsam rücht?«

»An so einem schönen Tag ist man gerne an der frischen Luft, nicht wahr?«, fuhr Detlef unbeirrt fort.

»Ürgendwü nach …«, Oma Drechsler schnüffelte.

»Der liebe Nero wollte heute auch unbedingt draußen spielen – wie hätte ich ihm das verwehren können.« Detlef entfernte sich langsam, redete dabei aber wie zu sich selbst weiter: »Im Moment schläft er, glaube ich. Da sollte man ihn auf keinen Fall wecken, er wird so leicht … ungehalten.«

»Nach *Gülle*!«, krähte Oma Drechsler.

Detlef kam zurückgeschossen, lehnte sich mit hochrotem Kopf über das Terrassengeländer und schrie wild gestikulierend: *»WENN SIE AUF MEINEM ANWESEN AUCH NUR EINEN GRASHALM UMKNICKEN, HETZE ICH IHNEN ERST NERO AUF DEN HALS UND DANN DIE POLIZEI, SIE ALTE HEXE! WEGEN SACHBESCHÄDIGUNG! GENAU WIE IHREM HINTERHÄLTIGEN COUSIN DAMALS. ICH WUSSTE IMMER, DASS ER HINTER DER SACHE STECKT!«*

Er stapfte wutschnaubend davon.

»Wieso Gülle? Und wer ist Nero?«, fragte Anna.

»Nero ist Detlefs Hund. Eine Deutsche Dogge«, sagte Opa Drechsler. »Kein besonders nettes Tier. Mist, *den* hatte ich ganz vergessen. Ich hätte deinen Bruder nicht allein losziehen lassen dürfen!«

»Läuft der Hund etwa frei herum?!«

»Nein. Detlef muss ihn zum Glück immer angekettet halten.«

»Na, dann wird Fred einen großen Bogen um ihn machen. Die einzigen Hunde, mit denen er einigermaßen auskommt, sind Struppi, Goofy und Idefix. Wo ist er eigentlich hin?«

Nero

Auf dem Freiluftschachbrett waren einige Figuren in einer ungewöhnlichen Stellung fixiert. Fred stand schon eine Weile grübelnd da und suchte einen Weg, den schwarzen König in zwei Zügen matt zu setzen. Ein leises Geräusch lenkte ihn ab. Es klang wie das schwache Rasseln einer Kette. Ärgerlich drehte er sich um. Seine Knie wurden Gummi. In nur zwei Metern Abstand stand vor ihm ein schwarzes Scheusal von der Größe eines gut genährten Kalbs, blickte ihm auf Augenhöhe direkt ins Gesicht und seilte dabei durch seine gebleckten gelben Zähne einen halben Liter Sabber ab.

»Jo. Braves Hündchen«, wisperte Fred.

»GRRRRRRRRRRRR!« Der Hund kam einige Schritte auf ihn zu und zog dabei eine Kette stramm, deren anderes Ende hinten an der Schlossmauer an einem Eisenring hing. Der Ring knirschte bedenklich in seiner Verankerung und Fred sah einige Zementbrösel herunterfallen. Er versuchte, seiner Stimme mehr Nachdruck zu verleihen: »Sitz!«

Aber der Hund wollte wohl lieber stehen. Er kam noch einen Schritt näher und lehnte sich schwer gegen die Kette, die jetzt aufs Äußerste gestrafft war. *Knirsch.* Fred spürte heißen, fauligen Atem auf seinem Gesicht. Er versuchte, einen klaren Gedanken zu fassen. Bloß keine Angst haben, das kann der riechen. Nicht umdrehen, nicht rennen! Langsam rückwärtsgehen. Und sprechen.

»Schönes Wetter heute, nicht wahr? Steh ich etwa auf deinem Platz? Willst du hierhin? Bisschen Schach spielen, hm?« Er ging einen langsamen Schritt zurück. »Kein Problem, ich wollte sowieso gerade weiter, mach's dir gemütlich, nichts für ungut.« Wieder zwei Schritte. Der Hund legte den Kopf schief. Es sah aus, als versuchte er nachzudenken, doch wahrscheinlich kam es von der Anstrengung, mit der er sich gegen die Kette stemmte. Immerhin bewegte er sich nicht mehr.

»Ich muss dann mal. Bin eh schon spät dran, war nett, mit dir zu plaudern, ein andermal vielleicht wieder, ne?« Fred hatte noch zwei Meter gewonnen. Jetzt wurde wieder dieses Knirschen hörbar. Sie sahen sich an. *Knirsch. Brösel. Plonk!* Der Ring war einfach aus der Wand gefallen! Der Hund stellte die Ohren auf. Fred drehte sich um und rannte. Rannte, was die Beine hergaben.

»WRRRROOOOOOAAAAAAARRR!«

Opa Drechsler ließ seinen Blick über das Gelände schweifen. »Keine Ahnung, wo er abgeblieben ist.«

Anna guckte auf ihre Armbanduhr. »Hey, es ist schon fünf vor eins! Er muss schon bei der Sonnenuhr sein. Schnell!«

Als die beiden an der Sonnenuhr ankamen, war von Fred weit und breit nichts zu sehen.

»Wir können nicht auf ihn warten«, beschloss Anna kurzerhand. Sie holte den Funkwecker aus Freds Rucksack, drückte ihn Opa Drechsler in die Hand und nahm ihre Peilposition am Zeiger ein.

»Zwanzig …«, sagte Opa Drechsler, »fünfzehn …«

Etwas stimmte nicht. Beide blickten nach oben.

»Zehn …«

»Vergiss es«, sagte Anna.

Der Himmel war dicht bewölkt.

Es wurde ein Uhr und es wurde eins nach eins. Keine Sonne. Kein Schatten. Kein Pfeil. Sie guckten sich an. Schließlich sagte der Alte: »Da kann man nichts machen, wir müssen morgen wiederkommen.«

»Morgen? Unmöglich«, rief Anna. »So viel Zeit haben wir

nicht! Bis Sonntag müssen wir sieben Rätsel lösen. Wenn wir heute nicht mindestens eins schaffen, wird das nichts.«

»Komisch, dass Fred nicht auftaucht. Das gefällt mir nicht. Also, ich gehe ihn jetzt suchen.« Er ging Richtung Schloss.

»Ich komme gleich nach.«

Anna blickte zum Himmel. Es war alles zu, keine Chance. Was würde Fred jetzt tun, überlegte sie. *Konzentriert nachdenken.* Sie klappte den Mund auf.

Hat Anna mit den Sachen, die ihr zu Verfügung stehen, auch ohne Sonnenschein eine Chance, die Aufgabe zu lösen?

Fred fluchte leise. Seine Hose war ziemlich lädiert und er war überall aufgeschrammt von der Rinde des Baums, auf dem er nun hockte. Er hatte keine Ahnung mehr, wie er so schnell hier heraufgekommen war. Klettern war nie seine Stärke gewesen, er musste geflogen sein.

Jetzt saß er hier oben und der Hund da unten. Der kaute auf einem Stück von Freds Jeans herum und blickte ab und zu hoch. Er wartete, Fred wartete ebenfalls. Eine klassische Pattsituation. Fred hatte keine Ahnung, wie lange er schon hier festsaß. Sicher war es schon nach ein Uhr. Hatten die andern wenigstens die Pfeilrichtung ermittelt? Aber nein, wie konnten sie? Die Sonne war ja die ganze Zeit verdeckt gewesen. Mist, auch das noch. Waren sie jetzt womöglich schon nach Hause gegangen?! Er wusste, das konnte nicht sein, trotzdem spürte er Panik in sich aufsteigen. Und wenn er jetzt die ganze Nacht hier oben hocken musste?

Fred hörte ein Kettenrasseln. Mit einem leichten Würgegeräusch stand der Hund ruckartig auf den Beinen. Jemand zog ihn langsam zurück. Er blickte mit verstörtem Gesicht zu Fred hoch und verschwand dann rückwärtstänzelnd. Kurze Zeit später hörte Fred Opa Drechslers Stimme, sie klang für ihn wie Musik.

»Er kann dir nichts mehr tun, Fred.« Der Alte stand jetzt unten am Baumstamm und sprach mit sanfter Stimme. »Hab ihn wieder angebunden.« Er reichte Fred die Hand, und als dieser unten war, nahm er ihn wortlos in den Arm. Fred lehnte seinen Kopf an die beiden Grapefruits im Ausschnitt des lila Kleids und mit einem Mal war seine Nase zu, seine Augen brannten und er begann, leise zu weinen.

»Alles okay«, flüsterte Opa Drechsler. »Der Köter kann uns mal.«

»Was ist passiert?«, rief Anna, als sie die beiden eng aneinandergedrückt um die Ecke der Terrasse kommen sah.

»Komm, lass uns abhauen«, antwortete Opa Drechsler nur. Fred schniefte. Anna nickte und nahm seine Hand, wie früher.

Freibier und Gülle

»Mannomann«, sagte Fred mit Blick auf die zerrissene Hose, die auf dem Wohnzimmerboden lag. Er blies auf seinen Pfefferminztee.

»Na ja, wir wussten ja: Das wird kein *Künderspül*!«, sagte

Opa Drechsler. Er schraubte die Jodflasche zu und setzte sich neben Fred aufs Sofa.

»Halb so schlimm, nur ein aufgeschürftes Knie. Aber jetzt wisst ihr, mit wem wir es zu tun haben. Mit diesem Detlef ist nicht zu spaßen.«

»Können wir den Kerl nicht anzeigen? Wegen *versuchter Körperverletzung* oder so was?«, sagte Anna, die auf dem Tisch saß und unruhig mit den Beinen baumelte.

»Was würde das nützen? Er hat ja eigentlich nichts gemacht. Er wird behaupten, es war ein Versehen, dass die Kette an diesem altersschwachen Haken festgemacht war. Vielleicht stimmt das ja sogar.«

»Ob er wohl mitbekommen hat, dass wir Ottos Testament suchen?«, überlegte Fred. Opa Drechsler wog bedächtig den Kopf.

»Das glaube ich eigentlich nicht. Dass er versucht, uns zu vergraulen, dafür gibt es auch andere Gründe. Schließlich bin ich *Drechslers Cousine*.«

Er machte eine Pause und sah zu Boden.

»Aber falls er doch etwas davon wissen sollte, müssen wir uns noch mehr vor ihm in Acht nehmen, Kinder! Wenn er spitzgekriegt hat, dass es um sein Erbe geht, könnte er *wirklich* gefährlich werden!«

Fred schluckte. War das heute etwa nicht *wirklich* gefährlich gewesen? Anna bemerkte seinen Gesichtsausdruck. Sie hatte da zwar noch ein gewisses Ass im Ärmel, aber um das zu präsentieren, brauchte sie einen völlig wiederhergestellten Fred. Darum hielt sie es für das Beste, ihren Bruder zunächst noch ein wenig abzulenken, und fragte Opa Drechsler: »Apropos andere Gründe – jetzt erzähl uns endlich mal von deinen berühmten *Schurkereien*! Wie war das denn nun mit der Gülle?«

Opa Drechsler zögerte erst, fing dann aber mit einem Seitenblick auf Fred an zu grinsen und sagte: »Na gut, du lässt mir damit ja doch keine Ruhe. Jetzt ist wohl der richtige Zeitpunkt für diese Geschichte.« Er schwang sich eins der Sofakissen hinter den Kopf und lehnte sich zurück.

»Ihr wisst ja, dass ich *eigentlich* ein friedliebender Mensch bin.«

Anna lächelte. Dieser Einstieg klang ganz nach ihrem Geschmack.

»Aber seit dieser Detlef vor einigen Jahren zu seiner Mutter auf das Schloss gezogen ist – wenn ihr mich fragt, übrigens nur, um sich nach Jahrzehnten wieder bei ihr einzuschmeicheln und sich sein Erbe zu sichern –, seitdem hat sich das Anwesen sehr verändert. Nicht äußerlich, wisst ihr, aber das Lachen ist verschwunden!« Er schaute wehmütig in Richtung Finkenstein.

»Früher, zu Ottos Zeiten und auch in all den Jahren, als Nora allein das Museum führte und im Sommer jeden Tag oben auf der Terrasse saß – da war es ein freundlicher Park, dessen Tor immer weit offen stand. Man ging dort sonntags spazieren und Kinder rannten herum. Ich selbst habe da oben schon als Knirps mit meinen Freunden Fangen gespielt, und später auch Udo.«

Anna versuchte, sich Udo in ihrem Alter vorzustellen. Aber sie sah nur eine etwas verkleinerte Ausgabe von ihm – mit bis zum Hals zugeknöpftem Hemd bei seiner Lieblingsbeschäftigung: Rasenmähen. Sie schüttelte den Gedanken ab und lauschte wieder Opa Drechsler, der inzwischen weitergesprochen hatte.

»... als er dann auch noch diesen angriffslustigen, geifernden Hund angeschafft hat, kam schließlich überhaupt niemand mehr. Das konnte ich nicht mitansehen, ich musste irgendetwas tun. Ich beschloss, diesen Widerling zu vertreiben. Jedenfalls wollte ich es versuchen. Auf meine Art.«

»Deine *schurkische* Art«, ergänzte Anna.

»Meine *fantasievolle* Art, Anna. Als Erstes stellte ich unten auf der großen Umgehungsstraße ein Schild auf, das den Weg zum Schloss wies.«

»Was stand drauf?«

»FREIBIER.«

Fred und Anna grinsten sich an.

»Da war eine Weile wieder ziemlich Betrieb im Park! Detlef musste einige hitzige Gespräche führen und eine Menge Bier ausgeben, bis er dahinterkam. Dann entfernte er das Schild natürlich. Ich glaube, er hielt das damals noch für einen Zufall.«

Opa Drechsler machte eine Pause und deutete auf Freds Knie.

»Schon besser?«

Fred nickte.

»Der nächste Teil dürfte dich besonders interessieren«, fuhr Opa Drechsler fort. »Nach geraumer Zeit hatte ich nämlich ein bisschen Probleme mit der Verdauung.«

Anna blickte ihn skeptisch an.

»Na ja. Komm du mal in mein Alter«, sagte er und räusperte sich. »Jedenfalls musste ich mir ein starkes Abführmittel kaufen. Als ich auf einem kleinen Umweg von der Apotheke nach Hause rein zufällig beim Schloss vorbeikam, ist mir dann ein dummes Missgeschick passiert. Ich muss irgendwie gestolpert sein und habe dabei die ganze Flasche versehentlich in Neros Hundenapf gekippt …«

»Igitt!«, machte Anna bei der Vorstellung, was am nächsten Tag passiert sein musste.

Fred grinste von einem Ohr zum andern.

»Ab diesem Zeitpunkt«, fuhr der Alte fort, »muss Detlef schon etwas geahnt haben. Er wusste, dass ihn jemand auf dem Kieker hat, aber er wusste nicht, wer. Es passierten ihm noch zwei oder drei andere Merkwürdigkeiten, die aber eigentlich nicht der Rede wert sind. Detlef zeigte jede Woche jemand anderen bei der Polizei an. Dann entdeckte ich die unendlichen Möglichkeiten des Internets. Es ist unglaublich, was einem alles anstandslos an jede beliebige Adresse geliefert wird, wenn man nur im Voraus bezahlt. Da gab es dann irgendwann dieses unverschämt günstige Angebot: *Wir bringen auf ihrer Grünfläche jede Menge Bio-Gülle aus!* Der Hektoliter nur fünf Euro – wie hätte ich da widerstehen können! Es hat da oben wochenlang gestunken wie …«

»Ich kann's mir vorstellen«, prustete Anna.

»Unglaublich, wie saftig der Rasen diesen Sommer wieder ist …«, giggelte Opa Drechsler.

Auch Fred lachte, wurde aber gleich wieder ernst.

»Dieser Tag ist jedenfalls im Eimer«, sagte er. »Es ist schon Mittwochnachmittag und Ottos Testament ist ferner denn je. Uns bleiben nur noch vier Tage, doch wir haben noch nicht ein *einziges* der sieben Rätsel gelöst! Und wenn die Sonne morgen wieder nicht scheint …«

Er wagte nicht, den Satz zu Ende zu sprechen. Jetzt war Annas Stunde gekommen.

»Wo du das gerade erwähnst«, sagte sie, wobei sie ausführlich ihre Fingernägel musterte, »beinahe hätte ich es vergessen: Ich wollte euch ja noch erzählen, was ich gemacht habe, während Opa Drechsler dich gerettet hat.« Vom Sofa kamen fragende Blicke.

»Ich stand eine Weile da und habe hinter den Wolken die Sonne gesucht. Habe mir überlegt, wo sie jetzt wohl ungefähr stehen müsste. Und dann fiel es mir ein! Fred, habe ich dir nicht immer wieder geraten, mal mit mir zu den Pfadfindern mitzukommen?«

Fred blickte sie stirnrunzelnd an.

»Da ist man an der frischen Luft, bewegt sich in freier Natur, und vor allem …« Jetzt griff Anna den Rucksack, der neben ihr auf dem Tisch lag, und fischte den Kompass heraus, »… lernt man was Praktisches!«

Opa Drechsler legte den Kopf schief und beobachtete, wie sie den Kompass in der Hand drehte.

»Zum Beispiel, dass die Sonne um zwölf Uhr mittags – während der Sommerzeit also um eins – immer *genau im Süden* steht. Und das bedeutet …«

»Dass alle Schatten *nach Norden* zeigen!«, rief Fred.

»Potzblitz«, sagte Opa Drechsler. »Wie jede Kompassnadel auch! Warum bin *ich* da nicht draufgekommen?«

»Also«, fuhr Anna fort, »habe ich den Kompass direkt am

Fuß des Zeigers hingelegt und ihn so ausgerichtet, dass die Nadel genau von ihm weg zeigte. Dann peilte ich die Richtung der Kompassnadel an.«

»Worauf hat sie gezeigt?!«

»*Stinken fein!* Eindeutig dieser Schriftzug, der ein Stück weiter in Richtung Schloss steht«, sagte Anna. »So. Und jetzt wisch dir mal den Rotz von der Nase und zieh eine neue Hose an – wir sind wieder im Rätselgeschäft!«

Stinken fein

Um kurz nach halb fünf standen die drei erneut auf der Wiese im Park. Fred hatte unterwegs zwar öfter unruhig hin- und hergespäht, aber von Nero war nirgends etwas zu sehen. Vermutlich lag der immer noch angekettet hinterm Schloss. Sie beäugten den steinernen Schriftzug.

»Ich habe mir das vorhin schon einmal genauer angeschaut«, sagte Anna. »Dabei sind mir die Buchstaben aufgefallen.« Verständnislos guckte Opa Drechsler sie an.

»Was meinst du damit? Das Ding *besteht* aus Buchstaben!«

»Ich meine die kleinen. Im Muster.«

Fred kniff die Augen zusammen und nickte nach einer Weile. Opa Drechsler blickte noch auf die Verzierungen.

»Ähm«, sagte er vorsichtig, »welche Buchstaben?«

»Ich sehe was, was du nicht siehst«, sagte Anna. »Und das ist übrigens weiß, nicht schwarz. Du musst quasi das lesen, was *nicht* da ist. Da in dem oberen breiten Streifen.«

Kannst du in der Abbildung auf Seite 45 die Buchstaben erkennen? Du hast gegenüber Opa Drechsler einen Vorteil: Du kannst zwei Blätter Papier zur Hand nehmen und damit die Spitzen und den unteren Teil der Steinbuchstaben abdecken.

»Ja, jetzt hab ich es!«, rief Opa Drechsler nach einer Weile. Er las:

»C A O H L K O P F   H E S A R«

»Richtig«, sagte Fred. »Bleibt die Frage: Was ist ein *Caohlkopf*?«

»Und: Wer oder was ist *Hesar*?«, fügte Anna hinzu.

Ja, so ist das oft mit dem Rätselknacken. Man denkt, man hat's, und dann hat man's doch noch nicht. Dann muss man eben noch ein bisschen weiterdenken. Warum ergeben die kleinen Buchstaben noch keinen rechten Sinn? Weil die großen auch keinen ergeben?

»Na ja«, Opa Drechsler hüstelte. »Das hieß nicht immer *Stinken fein*, wisst ihr. Wenn ich mich nicht irre, hatte Graf Otto die Buchstaben ursprünglich in anderer Reihenfolge aufstellen lassen. Irgendjemand hat sich wohl in letzter Zeit vom Gülleduft inspirieren lassen und …«

Fred und Anna blickten zwischen ihm und dem Schriftzug hin und her. Sie grinsten alle drei. Der Alte sagte: »Hilfst du mir mal, Fred?«

Die beiden stellten zunächst das F ein Stück zurück und füllten die Lücke mit dem S und dem T. Dann trugen sie das F an den Anfang des Worts, so dass sich *Finkenstein* ergab.

Nach getaner Arbeit gesellten sie sich wieder zu Anna und lasen die ursprüngliche Botschaft:

HOHLKOPF CAESAR

»Na bitte!«, sagte Fred, »klingt doch schon plausibler. Aber Caesar war ein römischer Staatsmann. Dumm war der, glaube ich, nicht.«

Anna sah Opa Drechsler an.

»Denkst du, was ich denke?«

»Gehen wir zur Bibliothek und sehen nach!«, antwortete der Alte.

»He, was habt ihr vor?«

Was haben die beiden wohl für eine Vermutung?

Gleich darauf standen die drei vorm Schloss und betraten die Terrasse. Doch dort blieben sie abrupt stehen: Die Museumstür war verschlossen! Ein Schild hing daran mit der Aufschrift: *Geänderte Öffnungszeiten: 6^{00} – 14^{00} Uhr.*

»Detlef!«, sagte Anna.

Es half nichts, für heute mussten sie die Segel streichen. Opa Drechsler erklärte auf dem Nachhauseweg, Detlef habe das Museum zwar laut Noras Testament acht Stunden am Tag geöffnet zu halten. Doch die genauen Zeiten festzulegen, hatte sie wohl nicht bedacht! Gegen diesen raffinierten Winkelzug konnten die drei nichts ausrichten. Sie mussten morgen früh wiederkommen.

»Wenn ihm bis dahin nicht eingefallen ist, die Öffnungszeiten auf nachts zu verlegen«, sagte Fred. Dann stutzte er und blieb stehen.

»Habt ihr das auch gesehen?« Er zeigte auf eine Stelle am Waldrand.

»Was?«, fragte Opa Drechsler.

»Diesen … Schatten.«

»Stimmt«, sagte Anna, »irgendetwas ist da gerade hinter dem Baumstamm verschwunden.«

»Nun macht euch mal nicht verrückt«, brummelte Opa Drechsler. »Das war wahrscheinlich ein Reh. Die sieht man hier ab und an.«

Fred schien von dieser Erklärung nicht sonderlich überzeugt, doch Anna zog ihn weiter. »Du siehst Gespenster.«

Zum Abendessen gab es Apfelpfannkuchen, Freds Leibspeise.

»Jetzt liegen wir aber trotz allem gut in der Zeit«, meinte er schmatzend, während er sich gerade den dritten auf den Teller hievte. »Zwei Rätsel an einem Tag! Und vor ein paar Stunden dachten wir noch, wir kriegen heute kein einziges gelöst.«

»Langsam!«, meinte Opa Drechsler. »Nummer eins, die Sonnenuhr, haben wir … hat Anna für uns geknackt.« Anna strahlte. »Ob wir die zweite Aufgabe auch schon gelöst haben, wissen wir erst, wenn wir die dritte finden.«

Fred blickte auf.

»Aber ihr sagtet doch, ihr habt …«

»Eine Theorie. Mehr nicht.«

»Wir sind uns beide nicht sicher, ob unter den Gipsköpfen in der Bibliothek wirklich dieser Caesar war«, sagte Anna.

»Aber falls ja, ist er bestimmt innen hohl und es steckt etwas darin!«

»Das wäre unsere Vermutung«, meinte Opa Drechsler. »Wir ...« Er wurde vom Läuten des Telefons unterbrochen. »Das ist bestimmt Udo.« Er stand auf.

»Richte ihm einen Gruß aus! Auch von Anna«, sagte Fred.

Anna tat ihm ihre Meinung dazu kund, indem sie sich mit dem Zeigefinger langsam über den Hals fuhr. Opa Drechsler, der inzwischen in der Küchentür stand, runzelte kurz die Stirn und ging dann ans Telefon. Kurze Zeit später kehrte er zurück.

»Udo sagt, er hätte schon einiges in Gang gebracht. Morgen hat er einen wichtigen Termin mit dem Amtsrichter.«

»Toll«, brummte Anna.

»Außerdem wollte er wissen, was wir so machen.« Opa Drechsler setzte sich wieder. »Ich habe ihm erzählt, wir wollen ein Vogelhäuschen bauen.«

Anna und Fred grinsten.

»Also, wo war ich stehen geblieben? Richtig. Wir können unsere Theorie gleich morgen früh überprüfen. Die Bibliothek macht ja neuerdings schon im Morgengrauen auf.«

Fred strahlte Anna an.

»Prima, dann stehen wir mal richtig zeitig auf. Früher Vogel fängt den Wurm, wie?«

»Hier fängt gleich jemand was ganz anderes!«

Donnerstag

DU HAST KEINE ZEIT?
ZEIT IST DAS EINZIGE, WAS DU HAST.

Gottfried Walter Binsen

Geist

Kurz nach Sonnenaufgang rüttelte Fred an der Schulter seiner Schwester. Dafür bekam er erst mal einen Nasenstüber.

»Anna!«

»Hrmmmpf?«

»Aufstehen! Wir wollen los, es ist schon halb sechs.«

»Halllbnnnsiksnnn?! Bsssubscheuert?!« Damit warf sie sich auf die andere Seite und war prompt wieder eingeschlafen. Er versuchte es noch einmal, aber diesmal rührte sie sich überhaupt nicht mehr.

Er ging hinunter zu Opa Drechsler, der sich gerade sein Kleid zurechtzupfte.

»Hat keinen Zweck, ich kriege sie nicht wach. Keine Ahnung, wie Mama das jeden Morgen macht.«

»Na, das wollen wir doch mal sehen«, sagte der Alte. Er kramte zielsicher aus diversen Kommoden eine blaue Faschingströte, eine Pfauenfeder, Knallfrösche sowie eine Spritzpistole und stiefelte nach oben.

Fünf Minuten später kehrte er zurück. Allein.

»Wenn wir warten, bis dieses Kind auch nur ein Auge auftut, stehen wir am Ende wieder vor der verschlossenen Bibliothek. Wir schreiben ihr einen Zettel, dass wir bald wieder da sind.«

Die beiden zogen allein los.

Die Luft im Wald war klar und frisch und es duftete nach feuchten Kiefernnadeln. Opa Drechsler und Fred wanderten eine Zeit lang nebeneinanderher und lauschten dem vielstimmigen Vogelgezwitscher. Irgendwann brach Fred das Schweigen: »Opa Drechsler? Kann ich dich mal was fragen?«

»Hm?«

»Glaubst du an Gespenster?« Kaum hatte er es ausgesprochen, schüttelte er heftig den Kopf. »Nicht so wichtig.«

Opa Drechsler erwiderte zunächst nichts. Nach ein paar hundert Metern sagte er mit rauer Stimme: »Im Dorf unten gibt es viele, die behaupten, Graf Otto würde bei Vollmond auf dem Anwesen umherschleichen … Ist dir kalt?«

»Nö, wieso?«

Der Alte zuckte die Achseln. Sie marschierten. Fred stellte sich Schloss Finkenstein bei Vollmond vor. Komisch, ein bisschen kühl war es auf einmal schon. Irgendwie.

»Nein, ich glaube nicht an Gespenster«, sagte Opa Drechsler.

Fred nickte.

»An Geister vielleicht, das ja. Gespenster sind Humbug.«

»Wo ist der Unterschied?!«

»Jeder glaubt an Geister.«

»Jeder?«

»Zumindest an den eigenen. Wer *ich* sagt, meint damit nicht seinen Körper, oder?«

Fred überlegte. »Körper und Geist«, sagte er.

Sie gingen ein Stück schweigend. Dann sagte Opa Drechsler in anderem Tonfall: »Unser Körper vergeht irgendwann einmal. Daran gibt es nichts zu rütteln. Ist damit auch der Geist verschwunden?«

Darauf wusste Fred nun wirklich keine Antwort. Aber der

Alte schien das auch gar nicht zu erwarten. Er fuhr fort: »Wir drei konzentrieren uns seit Tagen auf Dinge, die sich ein großer, rätselhafter Geist ausgedacht hat. Natürlich steckt der da drin! Unsere eigenen Geister können ihn spüren. Und einer, der ihm sehr ähnlich ist, vielleicht ganz besonders. So stark, dass er bisweilen glaubt, ihn tatsächlich zu sehen. Mach dir darüber keine Gedanken.«

Wieder legten sie eine lange Wegstrecke ohne ein Wort zurück. Dann sagte Fred: »Bin *ich* ihm ähnlich?«

Opa Drechsler legte ihm den Arm um die Schulter. »Ich habe ihn erst richtig kennengelernt, als er so alt war, wie ich jetzt bin. Aber wenn ich versuche, ihn mir als Kind vorzustellen, dann sehe ich immer einen mit genau *sooo* einer Nase.«

Damit kniff er Fred in ebenjene und lachte sich scheckig. Als er sich beruhigt hatte, sagte er: »Fred? Kann ich dich auch mal was fragen?«

»Klar.«

Der Alte sprach nicht gleich weiter, sondern schien zu überlegen, wie er anfangen sollte. »Anna versteht sich wohl nicht so besonders mit Udo, wie?«

»Tja. Nicht so besonders, schätze ich.«

»Hm.«

»Ich mag ihn aber gern«, fügte Fred hinzu. Opa Drechsler schien ein bisschen erleichtert zu sein. Sie wanderten. Fred gefielen solche Gespräche, in denen man sich auf das Wesentliche beschränken und lange Pausen machen konnte. Als sie bereits auf das Finkenstein'sche Tor zugingen, nahm Opa Drechsler seinen Faden wieder auf: »Er ist in Wirklichkeit nicht so … kleinkariert, weißt du. Nicht innen drin.«

Fred nickte langsam.

»Dass er so geworden ist, ist meine Schuld.« Er stemmte sich gegen das Tor. Es bewegte sich nicht.

Ginkgo

Um kurz vor halb zehn saß Anna am Frühstückstisch und rührte gähnend in ihrem Kakao. Sie starrte auf den Zettel, den Opa Drechsler geschrieben hatte. *Sind in der Bibliothek, kommen gleich zurück.* Waren die zwei nicht schon im Morgengrauen gegangen? Das konnte doch unmöglich so lange dauern. Irgendetwas stimmte da nicht.

Es klingelte an der Tür. Das wurde auch Zeit! Aber wieso hatte Opa Drechsler keinen Schlüssel mitgenommen?

»Oh, du?!«

»Andersrum: U-do«, sagte Udo gutgelaunt. »Aber ich bin ja schon froh, dass du überhaupt versuchst, meinen Namen auszusprechen. *Herr Kleinkariert* gefällt mir nicht so gut.«

Anna war zu verdattert, um eine schlagfertige Antwort zu finden. Sie stand einfach nur da.

»Darf ich reinkommen?«, fragte Udo.

»Opa Dr… *dein Vater* ist aber nicht zu Hause. Er ist mit Fred unterwegs.«

»Ach so? Da haben sich ja zwei Frühaufsteher gefunden.« Udo lächelte. Zum Glück fragte er nicht nach, wo die beiden waren. Offenbar schöpfte er keinen Verdacht. Aber was hatte er überhaupt hier zu suchen?

»Hast du nicht ungeheuer wichtige Termine?«

»Einen, ja. Keine Sorge, Anna, ich bin auch gleich wieder weg. Wollte nur mal nach euch sehen. Lässt du mich kurz rein?«

Anna ging zur Seite. Er trat ein, räumte einen alten Monitor aus dem Weg und setzte sich an den Wohnzimmertisch. Sein Blick fiel auf das Blatt des seltenen Baums, dessen Namen Anna schon wieder vergessen hatte. Sie hatte es wohl gestern dort hingelegt. Udo hob es auf und drehte es nachdenklich zwischen den Fingern. Dann roch er daran.

»*Ginkgo*, hm? Ganz frisch. Wart ihr gestern ein bisschen spazieren?«

Anna sah ihn erschrocken an. »Im Wald, ja«, antwortete sie schnell. »War total interessant.«

»Ist schon okay, Anna«, sagte er ruhig. »Du vergisst, dass ich hier aufgewachsen bin. Es gibt weit und breit nur einen einzigen Baum von dieser Art. Außerdem kenne ich meinen Vater. Und ob du es glaubst oder nicht: Ich kenne auch euch schon ein bisschen.«

Anna verschränkte die Arme. »Ach ja?«

»Ach ja. Hör zu, du solltest wissen, dass es gar nicht gut ist, wenn Papa sich gerade jetzt auf Finkenstein blicken lässt. Selbst wenn er ausnahmsweise keine albernen Streiche ausheckt. Er hat ernste Schwierigkeiten mit dem Besitzer des Anwesens. Vielleicht muss er deshalb sogar hier ausziehen.«

Er schaute sich lange in dem Zimmer um. Anna wurde erst jetzt bewusst, dass auch Udo einmal in diesem verrümpelten Häuschen gelebt hatte – als Kind. So, wie er im Moment guckte, konnte sie sich das sogar fast vorstellen.

»Detlef hat ihn nicht gesehen und das wird er auch nicht, dafür sorgen wir schon!«, sagte sie kühl. »Wir wissen, was wir tun. Reite du weiter deine Paragrafen. Dann werden wir ja sehen, *wer* dieses Häuschen rettet! Tschüs.«

Damit ging sie die Treppe hoch und machte die Mansardentür zu. Sie blieb lauschend stehen und wartete, bis Udo gegangen war. Dann kam sie wieder herunter, setzte sich, trommelte mit den Fingern auf dem Tisch und beobachtete die Zeiger der Standuhr.

Früher Vogel

Die Uhr zeigte sieben vor zwölf, als sich der Schlüssel im Haustürschloss drehte. Schnell kramte Anna auf dem Tisch herum. Als Fred und Opa Drechsler mit gesenkten Köpfen das Wohnzimmer betraten, saß sie über eins von Freds Sudokubüchern gebeugt und knabberte gedankenverloren an ihrem Kuli.

»Gerade wollte ich euch bei der Polizei als vermisst melden«, sagte Anna, ohne aufzublicken. Fred ließ sich auf das Sofa plumpsen. Opa Drechsler setzte sich zur ihr an den Tisch und kratzte sich am Kopf. Anna schaute von einem zum andern. Sie sahen beide aus, als kämen sie von einer Beerdigung.

»Na? Hat alles gut geklappt? Ohne mich?«

Fred schüttelte nur den Kopf, Opa Drechsler räusperte sich.

»Anna, wir sind in einer Sackgasse gelandet.«

»Aber so richtig«, sagte Fred. »Was für eine Pleite. Pass auf: Um kurz nach sechs stehen wir da oben und kommen nicht auf das Anwesen. Dieser fiese Detlef hat zwar die Öffnungszeiten des Museums geändert, aber nicht die des Parks. Der ist nach wie vor von zehn Uhr vormittags bis sechs Uhr abends geöffnet. Mann, Opa Drechsler kennt vielleicht Flüche, kann ich dir sagen!«

Der Alte machte eine wegwerfende Handbewegung, während Fred fortfuhr: »Wir haben hin und her überlegt, wie wir trotzdem reinkommen könnten. Aber die Mauer kennst du ja, da könntest nicht einmal du drüberklettern. Das Sicherheitsschloss am Tor hätten wir nie und nimmer knacken können …«

»Und so etwas kommt sowieso nicht infrage«, warf der Alte dazwischen.

»Also warteten wir. Und warteten. Irgendwann meinte Opa Drechsler, wir könnten versuchen …«

»Moment mal, junger Mann. Es war deine Idee!«

»Aber doch nicht im Ernst!«, rief Fred. Auf Annas fragenden Blick hin erklärte er ihr: »Ich meinte nur so, *theoretisch* gäbe es eine einzige Möglichkeit, vor zehn auf das Gelände zu gelangen. Nämlich das Labyrinth.«

»Verstehe. Und habt ihr hindurchgefunden?«, fragte Anna.

Fred verdrehte die Augen. »Du machst dir keine Vorstellung von diesem Ding. Wir waren schon froh, dass wir überhaupt irgendwann wieder rausgekommen sind. Gegen acht sind wir rein, um halb elf standen wir wieder vor der Mauer. Den Zwischenteil erspare ich dir.« Er lehnte sich zurück und ein seltsamer Ausdruck huschte über sein Gesicht. »Immerhin sind wir nicht dem Minotaurus begegnet … Danach sind wir jedenfalls durchs inzwischen geöffnete Tor gegangen.«

»Wie aufregend!«, sagte Anna. »Jetzt spannt mich aber nicht länger auf die Folter, was habt ihr denn in der Bibliothek gefunden?«

»Nichts«, sagte Opa Drechsler. »Es gibt dort zwar eine Caesarbüste. Sie ist auch hohl. Aber es war nichts drin. Wir lagen falsch mit unserer Vermutung.«

»Hm«, machte Anna.

»Verdammt«, murrte Fred. »Den Rest der Zeit sind wir dann im Park herumgelaufen, weil wir dachten, es gäbe vielleicht irgendwo noch einen Caesar unter den Statuen. Fehlanzeige.«

»So, so«, sagte Anna und beugte sich wieder über ihr Sudoku. Fred und Opa Drechsler tauschten einen Blick aus.

»Wir haben einen halben Tag verloren, unsere Theorie war falsch und dir ist das völlig egal?!«, rief Fred. Opa Drechsler runzelte die Stirn und studierte Annas Gesicht.

»Moment mal. Was hast *du* eigentlich inzwischen gemacht?«, fragte er.

»Ich?«, sagte Anna, jetzt mit unverhohlenem Grinsen. »Nichts weiter. Ich habe ausgeschlafen. Dann erst einmal gemütlich gefrühstückt, gegen zehn einen kleinen Spaziergang in die Bibliothek gemacht und dabei diese Karte hier aus dem Caesarkopf gefischt.«

Damit griff sie unter ihr Buch und zog ein Stück Pergament hervor.

Die Karte

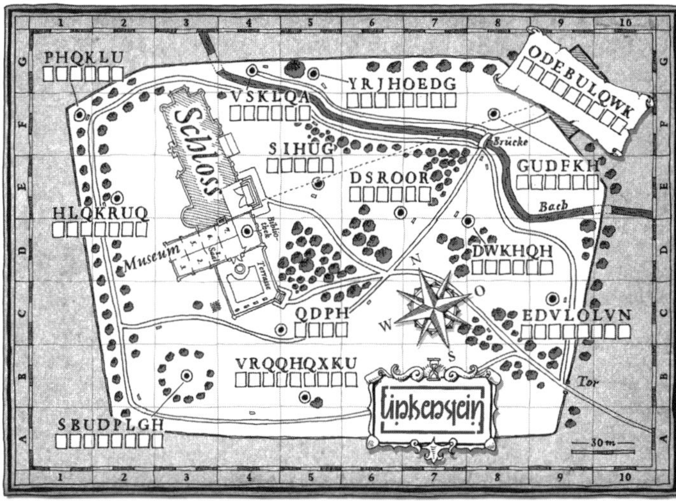

»Eine Karte des Anwesens!« Fred konnte es immer noch nicht fassen. Alle drei saßen jetzt am Tisch und beäugten Annas Fund.

»Was sind das wohl alles für verschlüsselte Wörter?«, überlegte Opa Drechsler.

»Vielleicht die Namen der einzelnen Objekte«, vermutete Anna. »Aber seht euch das hier erst mal an!« Sie drehte die Karte um.

Blätter du doch auch mal um. Die Rückseite der Karte ist auch in diesem Buch auf der Rückseite der Karte abgedruckt. Und auf der Umschlaginnenseite hinten findest du sie noch einmal in groß.

LQ FDHVDUV DOWHU UXQNHOUXHEH
ZDU IXHU VR PDQFK JHKHLPQLV UDXP.
GDVV LFK LKP PHLQHV XQWHUVFKLHEH:
LFK GHQNH ZRKO, GDV VWRHUW LKQ NDXP.

GLH VRQQHQXKU KDVW GX JHIXQGHQ
XQG PHLQHQ QDPHQ: ILQNHQVWHLQ.
GxHLQ ZHJ
LVW ZHLWHUKLQ JHZXQGHQ,
GLH NDUWH ZLUG YRQ QXWCHQ VHLQ!

GHQ YLHUWHQ RUW QXQ
ZHLVW GLU HLQHU,
GHU QLFKW ZLH DOOH DQGHUQ LVW:
HU VWRHUW,
HU SDVVW QLFKW,
LVW DXFK NOHLQHU,
XQG HU ZLOO QLFKW,
GDVV PDQ LKQ OLHVW.

»Ach du liebe Zeit!«, murmelte Opa Drechsler.

»Das ist wieder ein Gedicht, so viel ist schon einmal sicher!«, sagte Anna.

Fred sah fragend zu ihr hoch. »Woher willst du das wissen?«

»Ich hatte genügend Zeit, *konzentriert nachzudenken*«, erklärte sie lächelnd. »Schaut euch die Zeilenenden an!«

»Richtig«, sagte Opa Drechsler, »die erste und die dritte und die zweite und die vierte Zeile haben dieselben Endbuchstaben – das reimt sich!«

»Genau. Jetzt wirkt das Ganze doch schon etwas freundlicher. Aber was für eine Art von Geheimschrift das ist, wissen wir deshalb noch lange nicht.«

Langes Grübeln. Plötzlich schlug sich Fred mit der flachen Hand gegen die Stirn.

»Oh, Mann, und ob wir das wissen! Otto hat uns ja buchstäblich *mit dem Kopf* darauf gestoßen!«

Was meint Fred damit? Mit Caesars Kopf? Könnte es etwas mit diesen gewissen Kleinigkeiten zu tun haben, auf die er so gern achtet? Vielleicht musst du ein paar Seiten zurückblättern …

»Wovon redest du?«, fragte Anna.

»Leute, wisst ihr, warum Otto die Karte in genau *diesen* und keinen der anderen Gipsköpfe gesteckt hat?«

Er schaute die beiden erwartungsvoll an. Sie wussten es nicht.

»Weil Caesar etwas mit Geheimschriften zu tun hatte!«

»Julius Caesar?«, fragte Opa Drechsler erstaunt. »Wie kommst du denn darauf?«

»Auf einem der Vitrinenschildchen im Museum stand: *Chiffrierscheibe von Leon Battista Alberti, 1466. Hilfsmittel für die Caesar-Verschlüsselung.*«

»Manchmal ist dein Schwamm-Gedächtnis wirklich zu etwas gut«, meinte Anna.

Scheibenweise

»Na, dann wollen wir doch einmal sehen«, sagte Opa Drechsler und warf schon den Computer an. »So, mein allwissender Freund. Spuck es aus!« Er klickte und tippte, Anna und Fred sahen ihm gespannt über die Schulter. »Aha. Da haben wir's ja: Caesar-Verschlüsselung oder Verschiebechiffre. Mhm … tatsächlich … oh … *monoalphabetische Substitution*, Donnerwetter … mhm … verstehe … okay! Und Chiffrierscheibe …«

Er tippte das Wort in die Suchleiste und murmelte noch weiter vor sich hin. Nachdem er ausgemurmelt hatte, blickte er auf und rief schwungvoll: »Fred, da hinter dem Regal muss irgendwo weiße Pappe stehen. Anna, in der Küche hängt über dem Herd eine Schere. Und hier …«, er öffnete die Schreibtischschublade, »… haben wir Zirkel, Geodreieck, Bleistift und Musterklammern. Dann wollen wir dieser Geheimschrift mal zu Leibe rücken!«

Die Bastelanleitung auf der Umschlagklappe dieses Buches hast du sicher schon längst bemerkt. Vielleicht hast du dir die Chiffrierscheibe ja sogar schon gebaut? Falls nicht, wäre jetzt, wo die drei dasselbe tun, natürlich der ideale Zeitpunkt …

Einige Zeit später war die Chiffrierscheibe fertig.

»Cool«, sagte Anna. »Und wie funktioniert die jetzt?«

»Die Großbuchstaben im inneren Kreis sind das *Geheimtext*-Alphabet«, erklärte Opa Drechsler, immer mit kurzen Zwischenblicken auf die Seite, die er im Internetlexikon gefunden hatte. »Die Kleinbuchstaben außen sind das *Klartext*-Alphabet. Um aus einem Klartext einen Geheimtext zu machen und umgekehrt, verschiebt man die Kreise gegeneinander. Zwei Leute, die sich geheime Botschaften senden wollen, vereinbaren vorher einen *Schlüssel*. Das heißt, sie sprechen miteinander ab, um wie viele Buchstaben die beiden Alphabete gegeneinander verschoben werden. Julius Caesar, der diese Art der Verschlüsselung erfunden hat, soll meistens den Schlüssel a–D verwendet haben. Also probieren wir doch den.«

Er schob den inneren Kreis um drei Stellen nach links, so dass das Klartext-a über dem Geheimtext-D stand.

»Wenn der Schlüssel stimmt, kann man jetzt die codierten durch die entsprechenden Klartext-Buchstaben ersetzen!«

Anna und Fred fingen bereits an, das Gedicht zu entschlüsseln. Opa Drechsler brutzelte zwischendurch ein paar Schnitzel. Dazu gab es Pommes und Salat. Sie schnabulierten und dechiffrierten. Das dauerte seine Zeit. Irgendwann waren sie fertig und Fred las den den Klartext vor …

Hast du ihn auch schon herausbekommen?

Anna seufzte. »Von wegen Klartext! Konnte dieser Otto nicht einfach einmal sagen, was er meint?«

»Das wäre zu einfach«, erwiderte Fred und machte dabei ganz den Eindruck, als wäre das sein Ernst.

Die drei grübelten und diskutierten eine kleine Ewigkeit

über das Gedicht, aber hinter seine Bedeutung kamen sie nicht so recht. Die erste Strophe war offenbar ein einleitender Scherz. Die zweite ließ vermuten, dass die Karte nicht nur für *dieses* Rätsel wichtig war, deshalb beschlossen sie, später auf jeden Fall auch all die Ortsbezeichnungen auf der Vorderseite zu entschlüsseln. Sie wunderten sich kurz über ein falsch geschriebenes Wort. So ein Fehler sah Graf Finkenstein eigentlich gar nicht ähnlich. Und dann die dritte Strophe: die schien die entscheidende zu sein. Von wem war da die Rede?

»Klingt fast so, als würde Otto *dich* meinen, Opa Drechsler«, lachte Anna. »Wenn man mal vom letzten Vers absieht.«

»Also das ist doch …«

Als sie gegen Abend immer noch keinen Schritt weiter waren, stand Opa Drechsler mit einem Mal auf und streckte sich aus.

»Uns läuft die Zeit davon. Darum sollten wir langsam vorgehen. Ich werde jetzt in meinen Garten gehen und ein Vogelhäuschen bauen. Ich will meinen Sohn nämlich nicht angelogen haben.«

Damit ging er in den Keller, kam nach kurzer Zeit zurück und trug allerlei Holz und Werkzeug an den erstaunten Geschwistern vorbei und zur Hintertür hinaus. Anna schüttelte den Kopf.

»Spinnt er jetzt?«

»So ein Wort ist schnell ausgesprochen«, sagte Fred nachdenklich. »Vielleicht hat er irgendwie recht. Ich gehe mal duschen.« Auch er stand auf und verschwand. Anna saß da.

Etwas anderes machen, sich vom eigentlichen Problem ablenken – das meinten die beiden wohl. Tja, vielleicht half das. Dann konnte man aber auch etwas Nützliches tun! Sie griff sich die Karte und begann, die Ortsnamen zu entschlüsseln.

Fred konnte das Gedicht schon auswendig. Er wiegte sich unter dem warmen Wasserstrahl mit geschlossenen Augen hin und her und summte nach einer erfundenen Melodie:

In Caesars alter Runkelrübe
war für so manch Geheimnis Raum.
Dass ich ihm meines unterschiebe:
Ich denke wohl, das juckt ihn kaum.

Die Sonnenuhr hast du gefunden
und meinen Namen: Finkenstein.
Duein Weg ist weiterhin gewunden,
die Karte wird von Nutzen sein!

Den vierten Ort nun weist dir einer,
der nicht wie alle andern ist:
Er stört, er passt nicht, ist auch kleiner,
und er will nicht, dass man ihn liest.

Und er will nicht, dass man ihn liest. Hm. Fred wiederholte den letzten Vers immer wieder. Wer war dieser *er*? Was kann man denn alles lesen, überlegte er. Ein Buch? Das war aber kein *er*, sondern ein *es*. Einen Text? Einen Satz? Hm. Aber welcher Satz? Einer der Verse des Gedichts vielleicht. Aber sie reimten sich alle, keiner davon fiel irgendwie auf, war kleiner oder störte. Das Einzige, was in dem Gedicht störte, war …

Ein Junge und sein Vater

»Willst du mir helfen? Du könntest mal bitte das andere Ende dieses Bretts halten!«, sagte Opa Drechsler zu Anna. Nachdem sie mit ihrer Entschlüsselung fertig geworden war, war sie zu ihm nach draußen gegangen. Er hatte mittlerweile eine sorgfältige Konstruktionszeichnung des Vogelhäuschens angefertigt, millimetergenau die notwendigen Teile ausgesägt und war jetzt zielstrebig dabei, das Ganze zusammenzusetzen.

»Für einen Gärtner verstehst du aber eine Menge vom Basteln«, sagte Anna.

»Früher, vor langer Zeit, war ich Ingenieur.« Er richtete sich auf, wischte sich mit seinem Taschentuch die Stirn und sah sie an. »Zeit für ein Päuschen. Warum setzen wir uns nicht einen Augenblick da drüben in den Schatten. Ich bin dir noch eine Geschichte schuldig. Sie handelt von einem erstaunlichen Jungen hier aus dem Ort.«

Die beiden setzten sich auf die alte Gartenbank unter dem Pflaumenbaum und streckten die Beine aus. Anna war gespannt. Welche Geschichte war er ihr schuldig?

»Dieser Junge«, begann Opa Drechsler, »war ein ausgelassenes Kerlchen und hatte nur Schabernack im Kopf. Er lebte mit seinen Eltern in einer schönen Wohnung unten in Finkenberg. Sie waren eine glückliche Familie. Doch als er neun Jahre alt war, wurde plötzlich seine Mutter schwer krank und nur wenige Monate später starb sie. Von einem Tag auf den andern brach die ganze Welt des Jungen zusammen.«

Anna spürte einen dicken Kloß in ihrem Hals wachsen.

»Du kannst das sicher besser nachfühlen als ich«, sagte der Alte.

Sie nickte.

»Und trotzdem kam dieser kleine Bursche irgendwie damit zurecht. Im Gegensatz zu seinem Vater. Der Mann verlor allen Lebensmut. Er rasierte sich nicht mehr regelmäßig, knöpfte seine Hemden falsch zu, vergaß wichtige Termine, trank abends zu viel Wein und kam deshalb morgens zu spät zur Arbeit. Innerhalb von drei Jahren verlor er seine Arbeitsstelle und brachte es nicht zuwege, eine neue zu finden. Er verschuldete sich, geriet in Mietrückstand und erhielt schließlich die fristlose Kündigung für die Wohnung. Doch auch dagegen unternahm er nichts. Zwei Tage bevor die beiden endgültig ausziehen mussten, hatte er immer noch keine Ahnung, wo sie hinsollten!«

»Hatten sie denn keine Verwandten, die ihnen helfen konnten?«, fragte Anna.

»Nein, niemanden.«

»Und was passierte dann?«

»Nun, der Junge hielt es nicht mehr aus. Er gab seinem Vater einen Kuss und lief davon.«

»Er ist einfach abgehauen?!«

»Zumindest dachte das sein Vater, der auf seinen Umzugskisten saß und sogar zum Weinen zu erschöpft war. In Wirklichkeit aber war der Junge an diesem Tag – mit zwölf Jahren – erwachsen geworden. Seine Kindheit war vorbei, weil sein Vater zu schwach war. Er musste die Sache selbst in die Hand nehmen. Und das tat er. Er ging zu dem einzigen Erwachsenen, dem er traute. Der half den beiden dann tatsächlich aus der Patsche, obwohl er den Vater kaum kannte. Er gab ihnen einen Platz zum Wohnen.«

»Otto von Finkenstein!«, sagte Anna. »Und der Vater des Jungen, das warst du! Er hat euch das Gärtnerhäuschen gegeben. Und der Junge war *Herr …*« Sie rupfte ein paar Grashalme aus.

»Potzblitz. Dir kann man wirklich nicht viel vormachen.«

Sie schwiegen.

»Warum erzählst du mir das?«, fragte Anna nach einiger Zeit.

Opa Drechsler lächelte. »Ich war dir doch noch die Geschichte schuldig, wie ich zu meinem Häuschen gekommen bin. Warum sollte ich dir das wohl sonst erzählen?«

Anna sah in sein verschmitztes Gesicht. Dann nickte sie und lächelte ebenfalls.

»Schon klar.«

»DER FALSCHE BUCHSTABE!«, rief Fred aufgeregt zum Fenster heraus.

Die beiden erhoben sich. Im Hausflur erwartete sie ein strahlender Fred im Bademantel.

»Hast du's rausgefunden?«, fragte Opa Drechsler.

»Der überflüssige Buchstabe *u* in dem Wort *Duein*, der weist uns den Weg!«

»Wie soll das gehen?«, fragte Anna.

»Weiß ich noch nicht.« Fred zog die Karte heran und betrachtete den Geheimtext. »Im Original ist es ein *x*. Stört, passt nicht und ist kleiner.«

»Dieses *x* wird wohl trotzdem kaum vom Blatt springen und voraushüpfen«, sagte Anna.

»So kann Fred nicht arbeiten«, sagte Opa Drechsler. »Lasst uns mal überlegen: *will nicht, dass man ihn liest*. Ein Buchstabe, der nicht gelesen werden will …«

»… ist vielleicht überhaupt kein Buchstabe«, meinte Anna. Sie starrten auf den Geheimtext. Opa Drechsler rieb sich den Schnurrbart. Fred zog eine Augenbraue hoch.

»Vielleicht ist es ein *Kreuz*!«, sagte er.

»Ein Kreuz?« Anna sah von Fred zu dem Pergament. »Auf der einen Seite eine Karte, auf der anderen ein Kreuz. Hm.«

Kannst du etwas damit anfangen? Wo könnte der vierte Ort sein?

»Künder, das hätten wür wüssen müssen«, gluckste da der Alte, »was wäre eine Schatzkarte denn auch ohne ein Kreuz, das den Schatz bezeichnet! Graf Otto hat es nur gut versteckt.«

Er nahm Fred die Karte aus der Hand und hielt sie gegen das Fenster, sodass die Abendsonne hindurchschien. Sie steckten die Köpfe zusammen und suchten die Stelle auf der Karte, die durch das Kreuz auf ihrer Rückseite markiert war.

»Na, so was«, sagte Opa Drechsler. »Dann werden wir morgen also einen alten Bekannten besuchen.«

Freitag

HV LVW VHKU CX EHCZHLIHOQ,
RE PHQVFKHQJHLVW HLQ UDHWVHO
CXVDPPHQVHWCHQ NDQQ,
GDV PHQVFKHQJHLVW PLW UHFKWHP IOHLVV
QLFKW ZLHGHU DXICXORHVHQ YHUPRHFKWH.
Edgar Allan Poe, Der Goldkäfer

Apollos Lied

Beim Frühstück hielt Fred noch einmal die Karte hoch. Kein Zweifel, das Kreuz verwies genau auf die Apollostatue. Er nickte versonnen. Dann summte er vor sich hin. Anna sah ihn aufmerksam an.

»Tja. Dann werde ich mich mal wieder in meinen lila Kampfanzug zwängen, und dann auf nach Finkenstein!«, meinte Opa Drechsler. Er stand auf. Doch als Anna Freds stilles kleines Lächeln breiter werden sah, hielt sie ihn zurück: »Moment mal. Ich kenne doch meinen Bruder. So wie er guckt, weiß er etwas, das wir nicht wissen, stimmt's Fred?«

»Tja«, sagte er, »wozu habt ihr am Mittwoch eigentlich euren Späher ausgeschickt und ihn tausend Gefahren ausgesetzt?«

»Was? Ach, stimmt! Du hast dir den Apollo ja schon angesehen. Die Statue ist ein Mann mit Toga und Harfe ...«

»Und Noten!«, warf Opa Drechsler ein. »Er hat gesagt, auf dem Sockel seien ein paar Takte Noten eingemeißelt.«

»Ein paar Noten – und sonst nichts«, bestätigte Fred. »Das fand ich merkwürdig. Und weil wir kurz vorher die eigenartigen Zeichen auf der Sonnenuhr geknackt hatten, dachte ich mir, es würde genau zu Graf Ottos Stil passen, wenn es mit diesen eingravierten Noten ebenfalls etwas auf sich hätte.«

»Und?! War es eine bekannte Melodie?«, fragte Opa Drechsler. »Wenn es einen Liedtext dazu gibt, steckt darin möglicherweise die Botschaft des vierten Rätsels!«

Fred zuckte die Achseln. »Weiß ich nicht, ich kann ja keine Noten lesen.«

»Richtig. Ach, schade«, sagte Anna. »Dann müssen wir wohl doch losmarschieren und uns das Ganze aus der Nähe ansehen.«

Aber Fred lächelte noch immer geheimnisvoll. Anna musterte ihn aus schmalen Augenschlitzen.

»Was?«

»Opa Drechsler hatte mir doch sein Handy ausgeliehen, als ihr in die Bibliothek gingt.«

»Richtig. Und?«

»Sein *Foto*handy!«

»Wow, ich wusste, du hast etwas in petto! Du hast die Noten fotografiert! Warum sagst du das nicht gleich?« Anna stupste ihn gutgelaunt in die Seite.

»Autsch! Ja, ja, das ist dann der Dank.«

Auch Opa Drechsler war von Freds Voraussicht begeistert. So blieb er nicht nur für den Moment von dem kratzenden Kleid verschont, sondern, was viel entscheidender war: Sie konnten sich auch unverzüglich an das vierte Rätsel machen! Immerhin war schon Freitag und sie konnten ein bisschen Beschleunigung gebrauchen. Opa Drechsler schloss das Handy an den Computer an, lud das Foto herunter und druckte es aus:

Ob die drei auf der richtigen Fährte sind und es wirklich ein bekanntes Musikstück ist? Was meinst du?

Sie bahnten sich ihren Weg zu Opa Drechslers altem Klavier in der Ecke des Wohnzimmers. Anna stellte feierlich das Büchlein auf den Notenhalter, klappte den Tastaturdeckel auf und schob den Hocker zurecht. Die Kinder sahen den Alten erwartungsvoll an. Er blickte fragend zurück.

»Wartet ihr auf etwas Bestimmtes?«

»Willst du es uns denn nicht vorspielen?«

»Oh. Hatte ich vergessen, das zu erwähnen? Ich kann auch keine Noten lesen.«

Anna sah ihn an.

»Aber wozu hast du dann ein Klavier?«

»Na ja, spielen kann ich schon ein bisschen. Aber mehr so nach Gehör, wisst ihr. Ich weiß, wo die Töne auf der Tastatur sind. Aber das da …«, er deutete auf die Noten, »… sieht für mich aus wie Minigolfschläger auf einer Hochspannungsleitung.«

Betretenes Schweigen, bis Fred Anna ansah und rief: »Hey, du hattest doch früher Blockflötenunterricht!«

»Aber das ist ewig her und ich fand es doof. Ich habe alles vergessen. Außerdem kann ich ja deshalb noch lange nicht Klavierspielen. Oder hast du etwa auch eine Flöte im Haus, Opa Drechsler?«

»Nein. Aber weißt du, was wir machen? Setzen wir uns erst mal …«

Er erklärte seinen Plan und die drei begannen mit einer seltsamen Teamarbeit: Anna pusselte mühevoll für jedes Notenzeichen die entsprechende Bezeichnung aus ihrem Gedächtnis und schrieb sie darunter. Opa Drechsler drückte die jeweiligen Tasten auf dem Klavier. Fred war unterdessen hauptsächlich damit beschäftigt, sich die Ohren zuzuhalten.

Wenn du keine Noten lesen kannst, kannst du vielleicht ebenfalls jemanden fragen, ob er dir hilft.

»Zweite Linie von unten wäre das G, das weiß ich noch. Also, warte mal: G, A, H! Der erste Ton ist ein H. Halbe Note.«

Pling.

»Dann kommt ein … E. Viertelnote.«

Plang.

»Und wieder ein … ein … H.«

Plong.

»Nein, warte. Da ist ein kleines *b* davor, das Erniedrigungszeichen, also ein Halbton tiefer: B, nicht H!«

Plöng.

»Gut, neuer Takt: D.«

Pling.

»Und A mit b-Vorzeichen, macht: As.«

Plung.

So ging das ein Weilchen. Fred hatte sich vom Geschehen zurückgezogen – aus Gründen des Gehörschutzes, wie er sagte – und fläzte auf dem Sofa, als schließlich alle Töne geklärt waren und der Alte das Stückchen flüssig herunterspielte. Es hörte sich ziemlich schräg an.

»Hast du dich vertan?«, fragte Opa Drechsler ratlos.

Anna prüfte noch einmal nach. »Nein. Hast du dich verspielt?«

Er spielte es noch einmal. Es klang genauso kläglich wie vorher.

»Machen wir uns nichts vor«, sagte Fred und nahm die Sofakissen von den Ohren, »der gute Graf war einfach komplett unmusikalisch.«

Hat Fred recht? War Graf Otto einfach ein miserabler Komponist oder steckt vielleicht auf andere Art eine Botschaft in den Noten?

Opa Drechsler zuckte die Achseln und meinte: »Was soll's. Den Versuch war es wert. Das Geheimnis der Statue liegt vielleicht doch woanders. Wahrscheinlich hat Otto bloß willkürlich ein paar Noten zusammengestellt, um den Gott der Musik damit kenntlich zu machen.«

»Und die lässt er dann in Stein meißeln? So eine Katzenmusik für die Ewigkeit?«, sagte Anna. »Das kann ich mir nicht vorstellen bei einem Typen, der sonst alles so genau austüftelt. Gerade *weil* es so besch…eiden klingt, muss irgendwie mehr dahinterstecken.«

Fred stand auf und gesellte sich wieder zu den beiden. Er blickte über ihre Schultern auf das Notenblatt. Dann fing er an zu lachen.

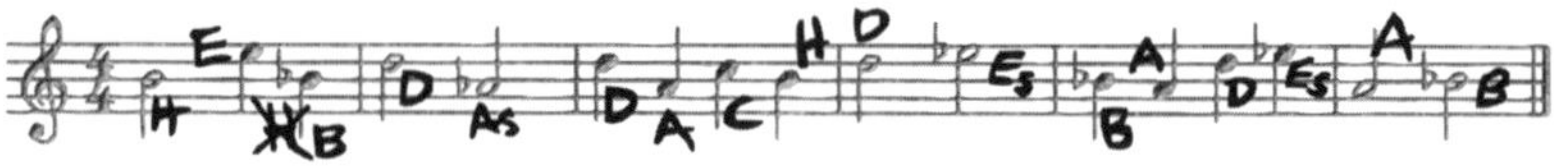

Siehst du, warum?

Anna hatte das Rätsel, ohne es zu bemerken, bereits gelöst! *Heb das Dach des Bades ab.* Das hatten sie selbst auf das Notenblatt geschrieben!

Die drei mussten sich nicht lange darüber das Hirn zermartern, welches *Bad* wohl gemeint sein könnte. Schließlich hatten sie ja die Karte mit den von Anna entschlüsselten Ortsbezeichnungen. Und darauf kam nur *eine* Stelle infrage.

Solltest du nicht das nötige Bastelmaterial für die Chiffrierscheibe zur Hand gehabt haben oder – kaum vorstellbar – zu bequem zum Entschlüsseln gewesen sein: Tja, dann weißt du jetzt noch nicht, wohin die drei als Nächstes unterwegs sind. Aber bald …

Das Bad

Kaum hatten sie sich auf den Weg in den Wald gemacht, als Opa Drechslers Handy klingelte.

»Drechsler? … Ah, hallo Sohnemann, wie geht es d…

Wir? Im Wald, wieso? … Was?! Nein, natürlich nicht. … Tatsächlich? Na ja. Wir sind vielleicht zufällig ganz kurz dort vorbeigekommen und … Schwindeln? Ich? Sag mal, wie redest du eigentlich mit mir? Ich bin immer noch dein … Ja … Mhm … Ja, das weiß ich auch … Moment mal.«

Er bedeutete den Kindern mit einer wedelnden Handbewegung, schon vorauszugehen. Sie taten es widerwillig.

»Was ist denn jetzt los?«, fragte Fred. Anna versuchte, etwas von Opa Drechslers Gespräch zu verstehen, anstatt Fred zu antworten. Aber er redete jetzt sehr leise. Schließlich gab sie es auf und sagte zu Fred: »Ich habe euch etwas verschwiegen. Als ihr beiden gestern Morgen unterwegs wart, ist plötzlich Udo aufgetaucht. Er hat mitbekommen, dass wir auf Finkenstein waren!«

»Was?!«, rief Fred. »Wie denn das?«

»Wegen des Blatts. Von diesem *King-Kong-Baum.* So einen gibt es anscheinend nur im Park. Was gibt's denn da zu grinsen?« Sie warf ihrem Bruder einen genervten Blick zu.

»Nichts, schon gut. Hat er uns etwa verboten, wieder nach Finkenstein zu gehen?!«

»Das kann er nicht.« Das war Opa Drechsler, der stampfenden Schrittes zu ihnen aufgeschlossen hatte. Mit gesenktem Kopf marschierte er weiter, die Kinder folgten ihm. Es herrschte angespanntes Schweigen.

Nach einigen Minuten platzte der Alte heraus: »Ich habe Udo an den Kopf geworfen, dass wir weiterhin nach Finkenstein müssen. Dass er sowieso nicht verstehen würde, warum. Und dass er es mir auch nicht verbieten kann, und *euch* sowieso nicht. Weil er schließlich nicht euer *Vater* ist.«

»Wow«, sagte Anna. Ein Stück gingen sie stumm weiter, jeder für sich grübelnd.

»Und was ist, wenn er mit Mama telefoniert?«, fragte Anna. »Sie *kann* es uns verbieten, und das wird sie wahrscheinlich auch, wenn sie es erfährt.«

»Er verrät es ihr nicht.«

»Sicher?«

»Sicher.«

»Aber das ist doch gut, oder?«, sagte Fred vorsichtig. »Er lässt uns weitermachen.«

»Mhm.«

»Und warum hast du dann so schlechte Laune?«

Opa Drechsler blieb stehen.

»Weil ich *gemein* zu ihm war!«

Er öffnete den Mund, so als ob er noch etwas sagen wollte, doch dann schloss er ihn wieder und stiefelte mürrisch weiter. Die beiden liefen bedröppelt hinterher und hofften, er würde schnell wieder der Alte werden.

Kurze Zeit später passierten sie das Tor, schlugen den Weg rechts in Richtung Bach ein und überquerten die kleine Holzbrücke. An einem steinernen Drachen bogen sie links ab und folgten ein Stück dem Bachlauf. Nahe bei der Umfriedungsmauer fanden sie das *Vogelbad*. Fred spähte aufmerksam in alle Richtungen und versicherte sich, dass Nero nirgends zu sehen war. Dann erst nahm er das Ding näher in Augenschein. Es war ungefähr einen Meter hoch und recht unauffällig. Es bestand aus einem flachen marmornen Wasserbecken auf einem verschnörkelten Sockel. Über dem

Becken, von zwei eckigen Pfeilern getragen, schwebte ein geschwungener Baldachin – ein Dach!

»An dü Arbeit, Künder!«, sagte Opa Drechsler, ohne zu zögern, fasste das Dach an einer Seite und blickte die beiden strahlend an. Seine schlechte Stimmung schien wie weggeblasen. Anna trat erleichtert hinzu, packte das andere Ende und gemeinsam hoben sie das Dach ab. Sie legten es vorsichtig ins Gras. Sofort ging Anna zurück und betrachtete die freigelegten Oberseiten der Pfeiler, denn sie hatte darauf eingemeißelte Zeichen bemerkt.

»Jetzt wird's happig«, raunte Fred.

»Happig in jeder Beziehung«, sagte Anna und zeigte in Richtung Schloss. Auf der Aussichtsplattform des nördlichen Wehrturms stand Detlef wild gestikulierend. Er schien etwas zu rufen – besser gesagt – zu brüllen, das man hier unten aber nicht verstand. Anna glaubte, sogar auf diese Entfernung die Zornesröte auf seinem Gesicht leuchten zu sehen. Jetzt verstummte er und verschwand.

»Mist«, sagte sie, »ich glaube, er kommt hier herunter.«

»Dann lasst uns die Zeichen schnell fotografieren und das Dach wieder draufsetzen«, sagte Fred. »Sonst macht er uns die Hölle heiß.«

Opa Drechsler zückte sein Handy.

»Mist. Der Akku ist alle!«

»Oh, nein. Na gut, dann müssen wir sie eben abzeichnen!« Anna zog schnell Papier und Bleistift aus dem Rucksack.

»Vergiss es«, sagte Fred, »das dauert viel zu lange und ist außerdem ungenau. Ich weiß etwas Besseres.«

Er nahm ihr ein Blatt ab, legte es auf eine der Säulen und

Du hast es leichter als Fred, denn du kannst die Quadrate abpausen. Dann musst du nicht die Seite zerschneiden …

E				D		K		
				R			O	
A				L	K			
R	A		D	E	F			
		F					D	K
	D		L				R	
			R				G	O
		G	O		E			F
	F	E	K	G				D

schummerte mit dem Bleistift die Fläche grau. Zu Annas Verwunderung hoben sich die eingekerbten Linien und Ziffern hell und deutlich von dem sonst einheitlichen Grauton ab.

»Das nennt sich *Frottage*«, sagte Fred, während er zur zweiten Säule ging und dasselbe machte. Doch Anna und Opa Drechsler hörten kaum hin, sondern spähten aufmerksam in Richtung Schloss, wo sich gerade das Hauptportal öffnete.

»Fertig«, rief Fred und Opa Drechsler zischte: »Schnell, Anna! Rauf mit dem Ding, alles muss aussehen wie vorher!«

Sie hoben den Baldachin an, doch Anna bekam ihn nicht richtig zu fassen. Er schlug auf dem Boden auf und *Krack!* war der steinerne Sperling von der Spitze abgebrochen! Nero kam in diesem Augenblick bellend die Freitreppe heruntergefegt, Detlef im Schlepptau.

»Egal, weiter!«, stieß Opa Drechsler mit Blick auf den Vogel hervor. Beim zweiten Versuch schafften sie es, das Dach zurück an seinen Platz zu hieven.

»WAS MACHEN SIE DA?«

Detlef auf der andern Seite des Baches war nur noch fünfzig Meter entfernt. Ach du Schreck! Der Kerl hatte seine Brille auf! Seine Augen wirkten hinter den dicken Gläsern noch eisiger als sonst.

»Verdammt«, sagte Fred, »und was jetzt?«

Opa Drechsler war plötzlich fort. Er sah ihn gerade noch hinter einem Mammutbaum verschwinden. Noch dreißig Meter. Und mitten im Gras lag dieser steinerne Spatz! Diesmal sah Detlef scharf, er würde den Vogel bemerken und dann waren sie geliefert: Sachbeschädigung! Polizei! Hausverbot!

Anna versuchte, einen klaren Gedanken zu fassen. Es war zu spät, um das verräterische Ding aufzuheben, das würde dem Kerl nicht entgehen. Sie musste etwas tun. Irgendetwas. Aber was?

Sie bedeutete ihrem Bruder, Ruhe zu bewahren, trat ein paar Schritte vor und brüllte dem näherkommenden Detlef entgegen: »SCHICKE BRILLE, HERR VON FINKENSTEIN!«

Detlef blieb abrupt stehen, was Nero am anderen Ende der Leine dazu veranlasste, unappetitliche Würgegeräusche von sich zu geben. Schnell zog er sich die Brille von der Nase und steckte sie in die Jackentasche.

»Die brauche ich nur zum Lesen«, murmelte er. Doch dann schien ihm wieder einzufallen, dass er eigentlich stinkwütend war: »WAS HABT IHR MIT DIESEM KUNSTOBJEKT DA ANGESTELLT?!«, schrie er, während er im Stechschritt auf die beiden zukam und dabei an seinem verdatterten Riesenhund zerrte. Nun lag nur noch der Bach zwischen ihnen. Fred versteckte sich hinter Annas Rücken.

»NUN?!« Er deutete barsch auf das Vogelbad. »IHR HABT DA ETWAS VERÄNDERT, DAS HABE ICH GENAU GESEHEN! UND WO IST ÜBERHAUPT EURE IMPERTINENTE ALTE …«

»Sü brauchen nücht so zu schreien«, antwortete Oma Drechsler und kam hinter dem Baum hervor, »wür sünd ja nücht taub. Was meinen Sü müt verändert? Ich habe den Kündern gerade erklärt, wozu so ein …«

»Papperlapapp! Ich weiß ganz genau, dass Sie hier irgendetwas *gemacht* haben!« Er kniff die Augen zusammen und linste angestrengt umher. Jetzt starrte er genau auf den Vogel! Fred hielt die Luft an. Doch Detlef zeigte keine Reaktion. Mit ärgerlichem Gesichtsausdruck wandte er sich wieder an Oma Drechsler und hob erneut an: »Ich weiß genau, dass Sie …«

»Papperlapapp!« Sie wandte sich mit geziertem Schwung von ihm ab und fuhr fort: »Wozu so ein Vogelbad gut üst, habe üch den Kündern eben erklärt. Nun, Derfred, kannst du ös düsem netten jungen Mann und seinem possierlichen Tierchen noch einmal kurz schüldern?«

Fred war zunächst etwas perplex. Dann wurde ihm klar, dass *er* die Situation retten sollte. Er räusperte sich und schloss gedankenvoll die Augen.

»Die meisten hierzulande ansässigen Vogelarten besitzen eine zweilappige, holokrine Bürzeldrüse, welche ein öliges Sekret absondert, das der Vogel mit dem Schnabel oder mit den Beinen im gesamten Gefieder verteilt, um so eine dauerhafte Geschmeidigkeit und bessere Verflechtung der *Vexillum* genannten Federfahne zu gewährleisten, dessen gefiederhygienische Funktion allerdings nur dann sichergestellt ist, wenn der Vogel in regelmäßigen Abständen …«

»Du kannst aufhören«, sagte Anna grinsend und legte ihrem Bruder einen Arm um die Schulter. »Er ist geflüchtet.«

Zwei Quadrate

Sie wollten sich gerade auf den Weg in Richtung Tor machen, als Anna plötzlich stockte. Sie schaute angestrengt zu einer Sphinx-Figur ganz in der Nähe. Dann bemerkte sie aus dem Augenwinkel, dass die beiden anderen ebenfalls dort hinstarrten. Sie hatten ihn auch gesehen, alle beide. Diesen Schatten! Diesmal gab es keinen Zweifel. Da war jemand hinter die Figur gehuscht.

»Detlef und Nero sind da vorn«, sagte Fred tonlos und zeigte in Richtung Schloss, wo die zwei in der Tat gerade wieder durch das Hauptportal verschwanden.

»Gibt es auf dem Anwesen auch Rehe?«, fragte Anna.

»Auf zwei Beinen?«, ergänzte Fred.

»Das ist immer noch ein öffentlicher Park, es ist vielleicht einer, der …«

»Uns beobachtet«, unterbrach Anna – und rannte los.

Sie lief schnurstracks auf die Sphinx zu! Fred riss den Mund auf, Opa Drechsler die Augen.

»Dieses Teufelsmädchen!«, stieß er hervor und hechtete hinterher.

Fred hielt es indessen für klüger, wenn wenigstens einer von ihnen in sicherem Abstand blieb, um gegebenenfalls Hilfe holen zu können. Das war dann wohl seine Aufgabe.

Nacheinander verschwanden Anna und Opa Drechsler hinter der Statue. Wenig später tauchten sie auf der anderen Seite wieder auf. Sie gingen langsam noch einmal drum herum und kamen schließlich zögernd zu Fred zurück.

»Weg«, sagte Anna bloß.

»Wie *weg*? Wohin?«

»Keine Ahnung.«

Schweigend und grübelnd gingen die drei über die kleine Brücke zurück zum Tor. Die Kinder blickten sich noch mehrmals um, doch den Schatten sahen sie nicht mehr.

Zu Hause gab es die fast schon traditionelle Rätselknacker-Versammlung um Opa Drechslers Wohnzimmertisch. Während dieser für Getränke und Schnittchen sorgte (als Hirnnahrung, wie er sagte), breitete Fred seine beiden Frottage-Kopien aus. Anna griff sich ein neues Blatt Papier und begann die Buchstaben des linken Quadrats abzuschreiben: E D K R O A L K R A D E F F D K D L R R G O G O E F F E K G D

»Was machst du da?«, fragte Fred.

»Entschlüsseln, was denn sonst?« Sie schnappte sich die Chiffrierscheibe und begann mit verschiedenen Scheibenstellungen herumzuexperimentieren. Beim Schlüssel a–Q erhielt sie UTA HE und zog eine Augenbraue hoch. Doch dann ging es mit QBA HQTUV weiter. Anna zerknüllte den Zettel.

»Man kann's ja mal probieren.«

»Tja, ich fürchte, hier hat sich Otto wieder eine ganz andere Art von Chiffrierung für uns einfallen lassen«, sagte Opa Drechsler. »Das linke Quadrat sieht aus wie eine dieser magischen Jupiter-Tafeln, nicht wahr?«

»Nur mit Buchstaben anstatt mit Zahlen«, fügte Anna hinzu. Fred wurde hellhörig.

»*Das* ist es!«, rief er. »Man kann es ja fast nicht übersehen.

Buchstaben statt Zahlen! Es ist kein magisches Quadrat. Wisst ihr, *wie* das aussieht?«

Anna und Opa Drechsler warfen sich fragende Blicke zu.

Weißt du es? Was hat Fred in dem linken Quadrat erkannt?

»Moment mal«, überlegte Anna, »wenn man sich statt der Buchstaben die Ziffern von 1 bis 9 vorstellt – sieht es aus wie ein Sudoku!«

»Ein was?«

»Sudoku. Kennst du die nicht?«, sagte Anna. »Fred, wo ist dein Buch?«

Fred fischte das aufgeschlagene Buch aus dem Wust von Blättern auf dem Sofatisch hervor.

»Siehst du, einige Ziffern sind immer vorgegeben. Nun muss man die übrigen Kästchen ausfüllen, und zwar so, dass in allen waagrechten Reihen, in allen senkrechten Spalten und in allen sechs Neunerquadraten jede der Ziffern von 1 bis 9 genau einmal vorkommt. Klar?«

Opa Drechsler nickte zögernd. »So weit schon. Klingt aber nicht ganz einfach.«

»Übung macht den Meister«, sagte Fred. »Mal schauen, ob Ottos Buchstabenvariante tatsächlich ein Sudoku ist.«

Sie starrten darauf, doch es dauerte ganze fünf Minuten, bis Fred, der Sudokus jeden Tag löste, im linken unteren Neunerquadrat den ersten Buchstaben eintragen konnte: A über dem G.

»Puh«, sagte Anna, »mit Buchstaben ist es wirklich happig. Aber ich glaube, ich habe eine Idee.«

Sie nahm Freds Buch zur Hand und schlug es ganz hinten auf, wo einige leere Quadratgitter abgedruckt waren. Darunter schrieb sie:

E=1, D=2, K=3, R=4, O=5, A=6, L=7, F=8, G=9

Dann fügte sie Ottos Buchstaben – nach diesem Schlüssel in Ziffern übersetzt – in das Gitter ein, machte auf diese Weise ein echtes Zahlensudoku daraus, und begann es zu lösen. Das ging in der Tat wesentlich einfacher.

Na, dann mal los!

1				2		3		
				4			5	
6				7	3			
4	6		2	1	8			
		8					2	3
	2		7				4	
			4				9	5
		9	5		1			8
	8	1	3	9				2

Fred tat so, als hätte er nichts davon bemerkt. Sein sportlicher Ehrgeiz zwang ihn, mit den Buchstaben weiterzumachen, obwohl er sich insgeheim eingestand, dass Annas Einfall ziemlich brillant war. Opa Drechsler schaute den beiden abwechselnd über die Schulter und versuchte dahinterzukommen, wie sie auf diese Zahl oder jenen Buchstaben, die sie in die Kästchen eintrugen, gekommen waren. So saßen sie eine gute halbe Stunde und knobelten. Schließlich rief Anna: »Fertig!«

Fred blickte erstaunt auf. Er hatte noch etliche leere Kästchen. Das hatte es noch nie gegeben, dass seine Schwester mit einem Sudoku vor ihm fertig war!

»Darf ich?«, fragte sie mit unüberhörbarem Stolz in der Stimme und ergänzte dann mithilfe ihres Schlüssels die fehlenden Buchstaben auf seinem Frottage-Blatt.

So weit, so gut. Dass das Buchstabenquadrat ein lösbares Sudoku wahr, konnte unmöglich ein Zufall sein – die drei waren also auf der richtigen Spur. Aber eine leserliche Botschaft war trotzdem noch nicht in Sicht. Wieder herrschte allgemeines Köpfekratzen.

»Da sind einige Wörter drin versteckt«, stellte Opa Drechsler fest. Er notierte:

waagrecht: RAD, FOLG, RAD, KLAR, EGO, RAD

senkrecht: LEO, RAD, RADEL, OEL, ARG

»Hm. Ziemlich viele Räder.«

»Und ziemlich wenig Sinn«, ergänzte Fred.

»Stimmt«, sagte Anna. »Lasst uns lieber *konzentriert nachdenken,* anstatt einfach drauflos zuraten!« Sie blickte in zwei höchst amüsierte Gesichter und musste dann selber grinsen. »Man wird ja wohl was dazulernen dürfen! Also, die Frage ist doch jetzt: Wozu ist das *zweite* Quadrat gut?«

»Richtig! Daran hatte ich gar nicht mehr gedacht.« Fred kramte die andere Frottage aus dem inzwischen entstandenen Blätterhaufen hervor und blickte ein paarmal zwischen den beiden Quadraten hin und her. »Das könnte eine Art Schablone sein!«

»Schablone?«, sagte Opa Drechsler.

Fred holte eine Schere und schnitt sorgfältig die fünf eingezeichneten Kästchen aus. Dann legte er die beiden Quadrate übereinander, so dass der Pfeil mit der Eins nach oben zeigte.

Anna schrieb die sichtbaren Buchstaben von oben nach unten ab.

»Goldk?«

»Moment!« Jetzt drehte Fred die Schablone, so dass der zweite Pfeil nach oben zeigte.

»A E F E R. Goldkäfer!«, sagte Opa Drechsler.

»Was ist das denn für ein Tier?«, fragte Anna.

»Nie davon gehört«, antwortete Fred und auch Opa Drechsler schüttelte den Kopf.

Wieder war des Rätsels Lösung selbst rätselhaft.

Noch wach

»Anna?«

»…«

»Schläfst du schon?«

»Kannst du mich vielleicht mal mit einer anderen Frage aufwecken?« Sie setzte sich umständlich auf, machte sich ihr Kissen an der Wand zurecht und lehnte sich an. In Wirklichkeit hatte sie nicht richtig geschlafen. Es spukte ihr eine Menge im Kopf herum und Fred schien es genauso zu gehen. Durchs Dachfenster fiel ein hell leuchtendes Rechteck auf sein Gesicht und die Blümchentapete hinter ihm. Er blickte versonnen nach draußen.

»Haben wir Vollmond?«, fragte Anna.

»Noch nicht ganz. Morgen oder übermorgen, schätze ich.«

»Wie viel Uhr ist es?«

»Kurz nach eins. Ich habe Opa Drechsler eben ins Bett gehen hören. Hoffentlich hat er etwas gefunden.«

»Bestimmt.«

Die drei hatten noch ewig an dem Wort *Goldkaefer* herumgeknobelt. *Goldglänzender Rosenkäfer, aus der Familie der Cetoniidae* hatte in Opa Drechslers dickem Lexikon gestanden und dann noch eine Menge wissenschaftliche Fakten über das Tier, mit denen sie nicht das Geringste anfangen konnten. Außer: *Der Goldkäfer galt in der germanischen Mythologie als heiliges Tier und bewachte, ähnlich dem Drachen, Schätze.* Das machte er in ihrem Fall ja ganz gut. Gewissermaßen.

Opa Drechsler hatte die Idee gehabt, es könnte sich vielleicht um ein Anagramm handeln. Mit Feuereifer hatten sie über eine Stunde damit zugebracht, Buchstaben hin und her zu schieben, doch die besten Ergebnisse waren *Ko-Radfelge* und *Kaderfolge* gewesen. Also Fehlanzeige.

Schließlich hatten sich die Kinder niedergeschlagen und ohne großartig Widerstand zu leisten ins Bett schicken lassen, als er ihnen versprach, noch einmal den Rechner anzuschmeißen und das gesamte Internet nach dem Vieh zu durchforsten. Notfalls die ganze Nacht …

»Anna?«

»Hm?«

»Wer könnte das gewesen sein, dieser Schatten?«

»Keine Ahnung. Irgendjemand.«

»Er hat sich in Luft aufgelöst!«

Insgeheim dachte Anna genau dasselbe. Aber das war unmöglich. »Hat er nicht. Er ist abgehauen, als er uns kommen sah.«

»Glaubst du, es könnte der Geist von Graf O…«

»Nein! Das glaube ich nicht!«

Sie schwiegen. Allmählich fielen Anna nun doch die Augen zu. Sie rutschte langsam an ihrem Kissen hinunter.

»Anna?«

»Was denn?«

»Kann Opa Drechsler Udo nicht leiden?«

»Quatschkopf. Er hat ihn sehr lieb.«

»Warum war er dann gemein zu ihm?«

Anna versuchte, darüber nachzudenken. »Keine Ahnung, das ist kompliziert. Manchmal kann man vielleicht nicht anders, als gemein zu jemandem zu sein, obwohl man es eigentlich gar nicht will.«

Schweigen. Fred schien eingeschlafen zu sein. Anna legte sich wieder richtig hin und zog die Decke über den Kopf.

»Geht es *dir* auch so mit Udo?«, flüsterte Fred.

Anna stellte sich schlafend.

Samstag

Effi fpdnu Effi n Krel lovk Casenredel reseid, h Csnem redne tsgine Wma, tsi See iw, Sua Ost heis Gnidni ek.
Wilhelm Busch

Tebahpla

»Uuund?!«, rief Fred, als er um acht in die Küche gestürmt kam.

»Dir auch einen schönen guten Morgen«, antwortete Opa Drechsler vergnügt und schenkte ihm erst einmal einen Kakao ein. »Schläft deine Schwester noch?«

»Ist der Papst katholisch?«

»Ich nehme an, das heißt ja. Dann sollten wir sie wecken. Überleg dir mal, wie wir das anstellen. Wir sollten besser nicht noch einmal ohne sie losziehen.«

Fred schnalzte mit der Zunge.

»Also hast du etwas herausgefunden!«

»Ich verrate es dir, wenn Anna wach ist.«

Fred dachte kurz nach und ging dann nach oben. Eine Minute später tauchte er wieder in der Küche auf, setzte sich an den Tisch und schnitt in aller Ruhe ein Brötchen auf.

Dann kam Anna im Schlafanzug hereingestolpert. Sie blickte sich hektisch um, griff nach einem Nudelholz und lief damit in Richtung Haustür. Opa Drechsler blickte ihr kopfschüttelnd nach.

»Wie um Himmels willen hast du das angestellt?«, fragte er Fred.

»Ich habe ihr ins Ohr geflüstert, dass heute Montag wäre und Detlef gerade mit einem riesigen Abbruchbagger auf das Haus zufährt.«

»Blödmann«, brummte Anna, als sie zurück in die Küche kam.

Wenig später saßen sie alle einträchtig beim Frühstück.

»Also«, begann Opa Drechsler, »ich musste im Internet gar nicht lange suchen, bis ich auf die richtige Fährte gestoßen bin. Jedenfalls bin ich ziemlich sicher, dass es die richtige ist: Es gibt eine Kurzgeschichte von Edgar Allan Poe und ihr werdet sicher *nie* erraten, wie die heißt!«

Fred rutschte ungeduldig auf seinem Stuhl hin und her, Anna machte eine kurbelnde Handbewegung.

»Richtig: *Der Goldkäfer.* Sie handelt von einer Schatzsuche, in der eine alte Geheimschrift eine besonders wichtige Rolle spielt. Das wird ja wohl kaum ein Zufall sein oder was meint ihr?«

»Bingo«, sagte Fred.

»Und deshalb nehme ich an, es gibt in der Bibliothek eine Ausgabe davon …«

»Die wir uns mal genauer ansehen sollten!«, sagte Anna.

»Bingo«, sagte Opa Drechsler.

Wie sich jedoch herausstellte, hatten sie eine Kleinigkeit außer Acht gelassen: Will man sich irgendetwas genauer ansehen, dann muss man es zunächst einmal finden!

Die drei erreichten nach einiger Zeit unbehelligt die Bibliothek. Das Schild mit den geänderten Öffnungszeiten war zum Glück verschwunden. Detlef hatte wohl festgestellt, dass es die drei nicht abhalten konnte. Sie schlossen leise die Tür und sahen sich um. Ein ganzer Kosmos von Staubkörnern tanzte in den goldenen Strahlen der Vormittagssonne, die zwischen den Bäumen hindurch zur Fensterfront hereinfielen. Der Geruch von warmem Leder und altem Papier erfüllte die Luft und Anna überkam sofort wieder das Gefühl, hier ohne Weiteres Stunden und Stunden verbringen zu können, wenn sie die Zeit dazu hätte. Zeit hatten sie jedoch nicht – schließlich musste bis morgen Abend das Testament des Grafen gefunden sein. Und vorher waren noch zwei seiner Aufgaben zu lösen.

Wie Anna schon beim ersten Mal bemerkt hatte, schien hinter der Reihenfolge der Bücher in den Regalen tatsächlich keinerlei Ordnungssystem zu stecken. Da standen Sachbücher neben Romanen, ein uralter, in Schweinsleder gebundener Riesenwälzer mit unaussprechlichem lateinischen Titel direkt neben einem Pappbilderbuch, eine prächtige illustrierte Ausgabe von *Robinson Crusoe* zwischen einem zerfledderten Taschenbuch und einem der kleinen gelben Bändchen, die Anna aus der Schule kannte.

Es half wohl nichts – sie mussten die Regale eines nach dem anderen abschreiten und jeden einzelnen Titel lesen – bis sie auf *Der Goldkäfer* stießen. Aber es mussten Tausende sein! Das konnte nicht nur Stunden, sondern Tage dauern!

»Was soll's«, sagte Anna, »je eher wir anfangen, desto eher sind wir fertig.«

»Möglicherweise haben wir ja auch Glück und finden es gleich nach fünf Minuten«, meinte Opa Drechsler. Und schon waren die beiden bei der Suche.

Fred blieb stehen und schüttelte den Kopf.

»Das kann nicht sein. So arbeitet Otto nicht.« Er setzte sich in einen der Sessel und betrachtete die Regalwand davor. Die Bücher mussten *irgendwie* sortiert sein, er war sich ganz sicher.

Während Opa Drechsler derweil mit hochgerafftem Kleid umständlich die enge Wendeltreppe erklommen hatte und jetzt mit geneigtem Kopf auf der Galerie umherschweifte, hockte Anna unten an der Nordwand ganz rechts am Fenster und murmelte ab und zu einen Buchtitel vor sich hin: »*Also sprach Zarathustra … Barbapapa … Leonce und Lena … Die Leute von Seldwyla … Schlüssel zur Kabbala … Principia Mathematica …*«

Fällt dir da etwas auf?

»Oma Drechsler?«, sagte Fred.

Auch Anna drehte sich zu ihm um. Er schien völlig entspannt, aber er hatte dieses gewisse Glitzern in den Augen.

»Wie heißt das Buch, das du gerade vor dir hast?«, fragte er nach oben.

»*Buddenbrooks,* wüso?«

»Dann geh doch bitte ein Stück nach links … noch ein Stück … ja, da ungefähr! Was steht da?« Eindeutig, er hatte eine Idee!

»*Belsazar.*«

»Ah, warm!«, rief Fred mit triumphierendem Lachen. »Dann bleib bei diesem Regal, bitte. Und klettere ein bisschen hoch, ja?« Opa Drechsler machte begeistert mit. Er schien dabei so wenig Ahnung zu haben wie Anna, worauf ihr Bruder hinauswollte. Er las: »*Dü Räuber.*«

»Wärmer! Vielleicht zwei Bretter höher!«

»Dör alte Mann und das Meer.«

»Heiß, ganz heiß! Gleich links davon muss es irgendwo stehen!«

Opa Drechsler fuhr mit der Hand die Buchrücken entlang, hielt inne und zog dann langsam einen dünnen schwarzen Band heraus. Er hielt ihn lächelnd in die Höhe: *»Edgar Allan Poe, Dör Goldkäfer!* Wü hast du das bloß wieder rausgekriegt, Derfred? Jetzt üst das Töstament nur noch zwei Rätsel entfernt!«

Der Goldkäfer

Während der Alte mit dem Buch herunterkam, erklärte Fred das System des Grafen: In jeder anderen Bibliothek sind die Bücher – wenn nicht nach Sachgebieten und Themen – nach den Nachnamen der Autoren sortiert. Und zwar alphabetisch von A – ganz links oben – bis Z – ganz rechts unten.

Der alte Otto hingegen hatte seine Bücher nach den *Titeln* alphabetisch geordnet, allerdings mit seinem speziellen Drch: vom letzten Buchstaben ausgehend anstatt vom ersten und von Z nach A. Das Regal, zu dem Fred Opa Drechsler gelotst hatte, war also das, in dem alle Buchtitel auf R endeten, und ...FER stand dort logischerweise irgendwo über ...BER und dann direkt links von ...EER. Wenn man es einmal durchschaut hatte, war es wirklich nicht so kompliziert. Behauptete Fred.

Er ließ eine kleine Portion Lob und Kopfwuschelei über

sich ergehen, griff dann aber schnell nach dem Buch, um ihm endlich sein Geheimnis zu entlocken. Die beiden anderen sahen ihm beim Blättern über die Schulter. Es dauerte nicht lang, bis sie auf eine Illustrationsseite stießen, die einen merkwürdigen Text enthielt, der doch schwer nach Graf von Finkenstein klang.

»Graf Fink?«, sagte Anna, »Kommt so einer etwa in der Goldkäfer-Geschichte vor?«

Doch Opa Drechsler schien gar nicht richtig zuzuhören, sondern spähte argwöhnisch hinter seinem Schleier durch den Raum.

»Oma Drechsler?«

»Hm? Fünk? Nein, sücher nücht, nein.«

»Na, dann wissen wir ja, wer sich dahinter verbirgt! Hat jemand eine Ahnung, was der Rest bedeuten könnte?«

Mit *jemand* meinte Anna natürlich ihren kleinen Bruder, der aber vorläufig nur mit den Achseln zuckte, ohne von der Buchseite aufzublicken. Opa Drechsler wirkte indessen auf einmal sehr nervös.

»Habt ühr das eigentlüch auch gehört?«, raunte er.

»Was denn?« Anna sprach ganz automatisch ebenfalls mit gesenkter Stimme.

»*Nichts!* Absolut nichts. Und das schon die ganze Zeit, seit wir hier sind. Irgendwie komisch, findet ihr nicht?« Und

Mit den meisten Büchern sollte man besser sorgsam umgehen. Nichts hineinschreiben, keine Seiten verknicken. Dieses Buch gehört, wie du schon gemerkt hast, nicht dazu. Was stellst du also mit dieser Buchseite an?

GRAF FINK
KNIFF ARG.

AUS MANCHEM KNIFF
ENTSTEHT ETWAS.
HIER AUS ZWEIEN:
EINER
DURCH DIE MITTE,
DER ZWEITE
SPEER AN SPEER
UND
ROSE AN ROSE.

DEN SINN
DES SPIELS WIRD ERWEISEN
DER, DER NOCH
FEHLT IN DIESEM BILD.
DEIN ZIEL STEHT...

laut fügte er hinzu: »Wollen wür nücht kurz an dü früsche Luft göhen?«

Er hatte recht. Anna erinnerte sich daran, wie Detlef bei ihrer ersten Begegnung gesagt hatte, er bekäme alles mit, was im Schloss vor sich ging. Womöglich belauschte er sie gerade! Besser, sie zeigten hier drinnen kein allzu deutliches Interesse an dieser speziellen Buchseite. Sie stupste Fred an und beide nickten daraufhin Opa Drechsler zu, der das Buch zuklappte, die Leiter hinaufkletterte und so tat, als würde er es zurückstellen. Doch den Kindern entging nicht, dass er es unauffällig in seine Handtasche gleiten ließ.

»Wir bringen es später zurück«, flüsterte er.

Beim Hinausgehen redeten sie in lockerem Plauderton über die Köstlichkeiten in Omas Tasche, über die sie sich nun gleich im Park hermachen würden.

Aber so weit kamen sie nicht!

Drechsler!

Kaum waren sie auf der Terrasse angelangt, sagte eine ölige Stimme in gefährlich ruhigem Tonfall: »Bleiben Sie *sofort* stehen!«

Fred lief ein Schauder über den Rücken. Detlef überholte die drei und baute sich vor ihnen auf. Er trug ein überlegenes Lächeln zur Schau und sprach in langsamem Oberlehrer-Ton zu Oma Drechsler: »Dieses Gebäude ist keine Leihbücherei, das dürfte Ihnen hinlänglich bekannt sein.«

»Und?«, entgegnete Anna.

Detlef würdigte sie keines Blickes.

»In Anbetracht dieser Tatsache gibt es nur *eine* Bezeichnung dafür, wenn jemand ohne meine ausdrückliche Erlaubnis einen Gegenstand, beispielsweise ein wertvolles altes Buch, durch *diese* Tür nach draußen schafft.« Er deutete mit gestrecktem Zeigefinger auf den Museumseingang. »Und die Bezeichnung lautet *Diebstahl*!«

Fred schluckte.

»Und wissen Sie, was ich mit Dieben mache?! Los, zeigen Sie mir Ihre Tasche!«

»Wissen Sü, was *ich* müt Leuten mache, die mir den Weg verspörren?«, antwortete Oma Drechsler. Ein Knistern schien in der Luft zu liegen. Erst geschah gar nichts. Dann, innerhalb weniger Sekunden, eine ganze Menge! Obwohl es furchtbar schnell ging, sah Fred alles wie in Zeitlupe:

Detlef preschte blitzartig nach vorn und wollte Oma Drechslers Handtasche packen. Sie wich geschickt aus, doch er bekam noch den Tragriemen zu fassen und zerrte daran, woraufhin sie ihm mit einer eleganten Drehung die Riesentasche ins Gesicht klatschen ließ. Er ging zu Boden, doch anstatt den Riemen loszulassen, riss er ihn mit sich und dadurch auch die komplette Oma, die natürlich ebenfalls nicht daran dachte loszulassen. *Rumms!* lag sie auf ihm, und *flupp!* kullerte ihr Pagenkäppi über die Steinplatten ... Es vollführte eine lustige kleine Drehung und landete schließlich direkt vor Annas Füßen.

Detlef schrie auf, doch vor Überraschung verstummte er sofort wieder: Brille hin, Brille her – selbst *er* konnte auf zehn

Zentimeter Entfernung seinen Erzfeind erkennen, wenn dieser ihn mit seinem borstigen Schnurrbart direkt an der Nase kitzelte! Seine Pupillen weiteten sich, er schnappte nach Luft und brachte schließlich nur ein einziges Wort hervor: »Drechsler!«

Opa Drechsler rappelte sich auf. Er wirkte etwas zerfleddert. Instinktiv bückte sich Anna nach dem Käppi, um es ihm zurückzugeben. Doch dann drehte sie es nur verlegen zwischen den Händen. Niemand sagte etwas. Wie betäubt standen die drei da und beobachteten, wie Detlef sich ebenfalls langsam erhob, sorgfältig den Staub von seinem Anzug klopfte, sich die Haare zurückstrich und sein herablassendes Grinsen wieder anknipste. Langsam fuhr er mit der Hand in seine Hosentasche, zückte ein Handy, klappte es auf und wählte eine sehr kurze Nummer.

»Finkenstein, guten Tag. Ich erstatte Anzeige.«

Dieser Vollhorst rief doch tatsächlich die Polizei! Anna überlegte nicht lange. Mit der einen Hand schnappte sie sich die Handtasche, die inzwischen völlig unbeachtet auf dem Boden lag, mit der anderen schubste sie zunächst Opa Drechsler an, griff sich dann den Arm ihres Bruders und rannte los.

Die beiden rannten hinter Anna her in einem Satz die Treppe hinunter und schlugen den Weg in Richtung Tor ein. Hinter ihrem Rücken hörten sie Detlef etwas von *»Täter sind flüchtig«* ins Telefon kreischen, dann einen langgezogenen Pfiff und den Ruf: »NEEEEEEEROOO!«

Fred, der knapp hinter Anna galoppierte, zog auf einmal

an ihr vorbei. Trotz der Anstrengung musste sie schmunzeln: Sie hätte nie gedacht, dass er so schnell laufen konnte! Das Tor war noch gute 100 Meter entfernt. Sie drehte sich um. Opa Drechsler war zurückgefallen, hielt sich aber ganz tapfer. Auf der Terrasse tauchte jetzt ein dunkler Fleck auf, schoss die Treppe hinunter und kam in einem Affenzahn auf sie zu! Noch 50 Meter. Sie feuerte Opa Drechsler an. Noch 30. Der Hund war schon fast da, es würde nicht reichen!

»Renn weiter!«, rief sie dem Alten zu und blieb selber stehen. Nero visierte sie an. Sie konnte schon seinen stampfenden Lauf hören. *Packadack packadack packadack.*

Da steckte sie die Finger in den Mund und pfiff den gleichen Pfiff, den sie eben von Detlef gehört hatte. Der Hund rannte weiter, genau auf sie zu – einen schrecklichen Moment lang. Doch plötzlich bremste er ab, dass der Kies nur so spritzte. Er drehte sich um! Jetzt könnte es reichen …

Anna nahm die Beine in die Hand und hetzte hinter den andern her, die inzwischen am Tor angelangt waren. Opa Drechsler lief gerade hindurch und zog es bis auf einen schmalen Spalt zu. Fred schrie: »Er kommt!«

Schneller konnte Anna nicht! Mit letzter Kraft erreichte sie das Gatter, ließ das Tor ins Schloss fallen und Nero krachte mit der Flanke dagegen.

Er sprang bellend am Gitter hoch und versuchte zähnefletschend seinen riesigen Kopf durch die Stäbe zu stecken. Fred blickte ihm gelassen in die Augen.

»Jo. Braves Hündchen.«

Dann streckte er ihm die Zunge raus. Die drei kicherten wie irre.

Kniffe

»Schön hier«, sagte Fred.

Natürlich klang das jetzt ziemlich eigenartig, nachdem sie eine Ewigkeit lang vor Atemlosigkeit so gut wie nichts gesagt hatten. Sie waren nur durch den Wald getappt, immer weiter bergauf, Opa Drechslers gelegentlichen Fingerzeigen folgend. Er hatte sie hierhergeführt, weil sie es alle drei für besser hielten, wenn sie sich eine Weile nirgends blicken ließen. Nun saßen sie eng nebeneinander auf einem Hochsitz am Waldrand, ganz oben auf der Kuppe des Bergs, und blickten über eine sanft abfallende Wiese und über das Flusstal. Drüben auf der anderen Seite lag ein Weinberg friedlich da wie eine alte Katze, die sich die Nachmittagssonne auf den Rücken scheinen lässt. Unten zog langsam ein Frachtkahn vorbei. Sie kamen allmählich wieder zur Ruhe. Doch alles war schiefgelaufen. Opa Drechslers Tarnung war aufgeflogen. Sie hatten etwas gestohlen. Die Polizei war hinter ihnen her.

Trotzdem war es *wirklich* schön hier.

»Und was machen wir jetzt?«, fragte Anna in einem Tonfall, als würde sie keine Antwort darauf erwarten.

»Na, was schon? Picknicken!«, antwortete Opa Drechsler. Er öffnete die Handtasche, zog ein rotkariertes Geschirrtuch hervor und begann, in aller Seelenruhe auf dem Boden vor ihnen den Tisch zu decken.

»Die Melone ist ein bisschen eingedellt und die Stullen leicht gequetscht, aber die Thermoskanne scheint zum

Glück keinen Schaden genommen zu haben«, murmelte er fröhlich vor sich hin.

Anna schüttelte verständnislos den Kopf. Doch nachdem er jedem von ihnen einen Becher Pfefferminztee gereicht hatte, griff auch sie sich ein Käsebrot und begann andächtig zu mampfen.

Fred beschloss, sich das zu merken: In Momenten größter Ratlosigkeit muss man erst einmal etwas essen. Es schien zu helfen. Danach war die Lage zwar keinen Deut besser, aber sie hatten irgendwie nicht mehr dieses erdrückende Gefühl, völlig machtlos zu sein. Zumindest ging es Fred so. Nur um die Sache zu klären, fragte er: »Geben wir jetzt auf?«

»Sonst noch was?!«, war Annas Antwort.

Er lächelte. Das hatte er hören wollen.

»Aber wir können jetzt nicht mehr nach Finkenstein.«

»Warte mal!«, sagte Opa Drechsler. »Nichts wird so heiß gegessen, wie es gekocht wird. *Ihr beiden* habt sowieso nichts angestellt. Von dem Buch habt ihr nichts gewusst, klar?«

Die Kinder nickten.

»Also: *Ich* habe das Buch mitgehen lassen, deshalb kann *ich* nicht mehr nach Finkenstein. Wie ihr wisst, war das aber auch vorher schon der Fall. Hat es mich abgehalten?« Er zeigte seine vielen Lachfältchen. »Detlef darf mich halt nicht mehr sehen. Da wird uns schon wieder etwas einfallen, meint ihr nicht?«

Fred und Anna waren sich da im Moment nicht so sicher. Der Alte bemerkte ihre Zweifel. Er klatschte sich schwungvoll auf den Schenkel.

»Sehen wir es doch mal so: In diesem Augenblick haben

wir das sechste Rätsel in der Hand. Das sechste von sieben! Wollen wir es ungelöst zurückgeben oder was wollen wir damit machen?«

»Her damit«, sagten Fred und Anna im Chor.

Sie packten den *Goldkäfer* aus. Fred, der in der Mitte saß, schlug die Seite mit dem Rätsel auf und legte das Buch auf seinen Schoß.

»*Graf Fink kniff arg.* Was das für ein Satz ist, sehen wir als alte Hasen ja sofort«, sagte Opa Drechsler.

Fred nickte.

»Na ja, also …«, murmelte Anna, um etwas Zeit zu gewinnen. Dann sah sie es auch: »Ein Palindrom!«

»Jepp«, sagte Fred. »Dieses steht übrigens auch in Ottos eigenem Buch. Auf der letzten Seite.«

»Hm«, meinte Opa Drechsler, »dann könnte es sein, dass es eine Art Signatur von ihm war. In diesem Fall vielleicht eher eine Überschrift, an der wir Rätseljäger gleich erkennen sollen, dass wir auf dieser Buchseite richtig sind.«

»Könnte sein.«

»Dann würde das eigentliche Rätsel erst hier beginnen.« Anna las: »*Aus manchem Kniff entsteht etwas. Hier aus zweien: Einer durch die Mitte, der zweite Speer an Speer und Rose an Rose.* Klingt irgendwie nach einer Anleitung.«

»Und zwar zu einem Spiel. Steht ja da.« Fred deutete mit dem Finger auf die Stelle. »Den Rest des dritten Abschnitts verstehe ich aber gar nicht. Wer fehlt in diesem Bild?«

Sie überlegten eine Weile. Dann meinte der Alte: »Wie wär's, wenn wir von dem ausgehen, was wir schon wissen?

Oder zumindest zu wissen glauben: Wir haben im mittleren Teil irgendwelche Anweisungen. Was sagen uns die? Was sollen wir machen?«

»Zwei Kniffe anwenden«, sagte Fred.

»Ja, aber was für Kniffe?«, überlegte Anna. »*Speer an Speer, Rose an Rose.* Diese Wächter haben jeweils einen Speer in der Hand!«

»Genau«, ergänzte Fred, »und diese beiden Schnörkel da unten könnten Rosen darstellen.«

»Und um sie zusammenzubringen … *Kniffe*, natürlich!«, rief Opa Drechsler. »Das Wort bedeutet nicht nur *Trick*, sondern auch *Knick* oder *Falz*! Wir sollen das Papier zweimal falten!«

»Wirklich?« Anna musterte ihn zweifelnd. »Bei dem wertvollen alten Buch?«

»Keine Sorge, Anna. Dieses Buch ist ja nicht wirklich eine Originalausgabe aus dem neunzehnten Jahrhundert. So wenig wie der Kupferstich wirklich von Dürer war. Otto hat diese Sachen anfertigen lassen und offensichtlich wollte er, dass wir … Ach, schau an!«

Fred hatte derweil nicht lange gefackelt und war schon mittendrin in der Falzaktion.

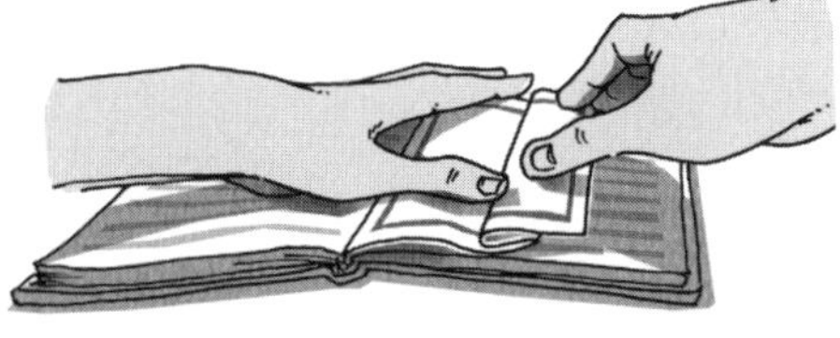

Zunächst knickte er die Seite in der Mitte nach unten. Der Falz ging genau durch Verzierungen zwischen den Textabschnitten. Dann kehrte er den Falz um und fuhr ihn mit dem Daumennagel nach. Die halbe Seite ragte jetzt nach oben.

Nun führte er die Speerspitzen und die Rosen aneinander und machte vorsichtig und mehrmals korrigierend den zweiten Knick. Und zwar so, dass sie sich jeweils wirklich gerade berührten. Zum Schluss strich er das Ganze glatt.

Die drei beäugten das Ergebnis. Anna war sprachlos. Der ganze mittlere Teil der Illustration war verschwunden, man sah jetzt eigentlich weniger – und trotzdem mehr! Überdeutlich stand er vor ihnen. Der, der vorher gefehlt hatte. Er war eine Schachfigur. Und da stand auch plötzlich etwas ganz anderes geschrieben!

»Exorbitant!«, sagte Opa Drechsler und erntete dafür einen irritierten Blick von Fred, dem etwas Ähnliches auf der Zunge gelegen hatte.

Freund und Helfer

Fred klappte das Bild erst noch einmal auf: »*Dein Ziel steht …*«

Und dann wieder zu: »*… auf dessen Feld.* Auf dem Feld des weißen Königs also. Aha.«

Nur so nebenbei: Erinnerst du dich an die zweite Strophe von Caesars Gedicht?

»Du hast dir das Schachfeld am Mittwoch doch lange genug angesehen, Fred«, meinte Anna. »Was stand denn da noch?«

»Nein, nein«, entgegnete er nachdenklich, »die gesamte Spielfläche heißt Schach*brett*. Die einzelnen Karos, die nennt man Felder.«

»Ach so. Und stand da noch etwas außer diesem König auf seinem Feld?«

»Nein, ganz bestimmt nicht.«

»Dann muss er es logischerweise selber sein, den wir uns ansehen sollten.«

Opa Drechsler wog bedächtig den Kopf.

»Ich weiß nicht so recht. Dann hätte Graf Otto doch gleich schreiben können: *Er* ist dein Ziel.«

»Er macht es halt gern ein bisschen kompli...«

Alle drei zuckten zusammen, als Opa Drechslers Handy klingelte. Der Alte kramte es heraus und schaute auf das Display. Er schloss kurz die Augen und atmete tief durch. Dann drückte er den grünen Knopf.

»Drechsler.«

Mehrere Minuten lang hörte er nur zu und blickte ernst in die Ferne, dann sagte er: »Ist gut. Wir kommen.« Er nahm das Telefon herunter, hob es aber schnell noch einmal ans Ohr.

»Ach, Udo? Ich wollte dir noch dank...« Jetzt ließ er es endgültig sinken und murmelte: »Hat schon aufgelegt.«

»Musst du jetzt ins Gefängnis?«, fragte Fred. Opa Drechsler fand sein strahlendes Lächeln wieder, zwinkerte ihm zu und sagte: »Nein, keine Bange. Ich habe einen guten Anwalt!«

Als sie am Waldrand entlang den Hang hinunterwanderten, waren schon einige Stunden seit ihrer Flucht vergangen. Opa Drechsler berichtete, was inzwischen weiter unten passiert war, so wie er es von Udo gehört hatte.

Detlef hatte sie bei der Polizei angezeigt, das wussten die Kinder. Doch so bedrohlich, wie es sich anhörte, war das in Finkenberg auch wieder nicht.

Es bedeutete im Grunde nichts anderes, als dass er den sturmerprobten alten Polizeiobermeister Jupp Kleinhans angerufen hatte, der sowohl Detlef als auch Opa Drechsler ziemlich gut kannte, wie er auch jeden anderen der derzeit 276 Einwohner des Dorfes persönlich kannte.

Kleinhans war alles andere als begeistert, als er zum soundsovielten Mal von dem aufgeblasenen Wichtigtuer Detlef wegen einer albernen Zankerei in seiner Mittagspause gestört wurde. Dennoch war er natürlich verpflichtet, der Sache nachzugehen. Also hatte er alles sorgfältig zu Protokoll genommen, das Telefon aufgelegt, in Ruhe seinen Leberkäs mit Spiegelei aufgegessen und dann die Dienstmütze vom Haken genommen. Dabei war ihm allerdings eingefallen, dass sein altersschwacher Streifenwagen mal wieder in der Werkstatt stand. Auf Fahrradfahren hatte er aber nun wirklich keine Lust. Schon gar nicht den ganzen Berg hinauf bis zum Schloss!

Doch dann war Wachtmeister Kleinhans noch etwas anderes eingefallen. Nämlich dass er gestern Abend bei seiner wöchentlichen Skatrunde im Gasthof *Zur Alten Leier* Paul Drechslers Sohn über den Weg gelaufen war – dem jungen Anwalt, der inzwischen in der großen Stadt wohnte und zu

Besuch hier war. Vermutlich mit dem Auto ... Wie hieß er noch, Uwe? Also beschloss er, zunächst noch ein weiteres Telefonat zu führen.

Er rief Harry Jörger, den Leierwirt an, plauderte kurz mit ihm über das herrliche Sommerwetter und darüber, wie spät es gestern doch wieder geworden war, und fragte schließlich nach Drechslers Sohn. Der sei im Moment wahrscheinlich wieder bei Richter Franke, gab der Wirt Auskunft, habe aber für Notfälle seine Handynummer hinterlassen.

Und so kam es, dass Polizeiobermeister Jupp Kleinhans bereits siebenundfünfzig Minuten nach Detlefs Notruf auf dem Beifahrersitz des besorgt dreinschauenden Udo Drechsler auf dem Finkenstein'schen Anwesen eintraf, um den Tatort zu inspizieren.

Dort traf er auf einen aufgebrachten Detlef von Finkenstein, der Anschuldigungen wegen Körperverletzung, Diebstahl und Hausfriedensbruch gegen einen gewissen Paul Drechsler und zwei unbekannte Halbstarke erhob. Kleinhans hörte sich das alles in Ruhe an und schrieb dabei ein paar Wörter in sein Notizbuch *(Opa Drechsler, zwei Kinder, kleine Rangelei)*. Danach stellte er Fragen.

Im Verlauf der Vernehmung ergab sich, dass es bei dem Diebstahl um einen Gegenstand von geringem Wert ging *(Buch)*. Dass die angebliche Körperverletzung erstens medizinisch kaum nachweisbar war *(kleiner blauer Fleck)*. Und dass sie zweitens in Reaktion auf eine Tätlichkeit seitens des Anzeigen-Erstatters erfolgt war *(Detlef hat angefangen!)*.

Als Wachtmeister Kleinhans noch etwas eindringlicher ermittelte, stellte sich obendrein heraus, dass besagter Anzeigen-Erstatter *(Detlef ...)* seinerseits eine schwere Ordnungswidrigkeit begangen hatte, indem er seine gemeingefährliche Dogge auf die Gegenpartei losgelassen hatte *(... hetzt seine Scheißtöle auf einen alten Mann und zwei kleine Kinder!!!)*.

Kleinhans steckte seinen Notizblock ein. Der verflixte Köter ging ihm schon seit Jahren auf den Wecker. Detlef hatte ihn angekettet zu halten, das hatte er ihm schon hundertmal gesagt! Er hielt dem Burschen eine Strafpredigt, die sich gewaschen hatte, genau wie übrigens schon vor fast vierzig Jahren, als Detlef im Schulgebäude eine Scheibe eingeworfen hatte. Und genau wie damals lief der Übeltäter rot an und wurde immer kleiner im Angesicht des Zorns der amtlichen Autorität.

Danach gab Kleinhans ihm den freundschaftlichen Rat, die Anzeigen auf der Stelle zurückzuziehen, ansonsten könnte der Schuss für Detlef gehörig nach hinten losgehen! Diesen letzten Teil seiner Ansprache unterstrich er, indem er ihm mit gestrecktem Zeigefinger aufs Brustbein einhämmerte.

Detlef gab schließlich klein bei und verzog sich ins Schloss, allerdings nicht, ohne aus sicherer Entfernung noch mit einer saftigen Beschwerde bei Kleinhans' Vorgesetztem zu drohen.

Der Polizist winkte ab und wandte sich nun an Udo ...

Der Rasenmäher

»Moment mal«, sagte Anna mit skeptischem Seitenblick. »Das hat er dir vorhin am Telefon alles so haarklein erzählt?«

»Na ja«, antwortete Opa Drechsler. »So gut wie. Das ein oder andere Detail habe ich mir vielleicht dazugedacht. Aber du kannst dich darauf verlassen, dass es ziemlich genau so abgelaufen sein muss. Ich kenne meine Pappenheimer, weißt du.«

»Und was hat der Polizist dann zu Udo gesagt?«, wollte Fred wissen. Der Alte räusperte sich.

»Tja. Er hat ihn wohl gefragt, ob sein Vater jetzt endgültig den Verstand verloren hätte oder so etwas. Vielleicht fragt ihr Udo besser gleich selbst.«

Sie waren einen anderen Weg durch den Wald gegangen als gewöhnlich und kamen nun über einen schmalen Feldweg von hinten auf Opa Drechslers Häuschen zu. Vorn auf der Straße konnten sie Udos silbergrauen Wagen erkennen, er selbst war anscheinend mit irgendetwas im Garten beschäftigt. Er schob ein leise quietschendes Gerät vor sich her. Beim Näherkommen erkannten sie, was es war. Anna schüttelte nur ungläubig den Kopf. Udo mähte den Rasen, und zwar mit einer handbetriebenen Antiquität.

Als er die drei kommen sah, hielt er inne. Er musterte Opa Drechsler.

»Schickes Kleid«, sagte er.

»Ach das … das kann ich erklären …«, stammelte der Alte.

»Lass es lieber.«

Udo drehte sich weg und fuhr mit seiner Arbeit fort. Opa Drechsler stand da wie ein begossener Pudel. Anna wollte ihm irgendwie beistehen, aber ihr fiel nichts Gescheites ein. Fred stellte sich hinter Udo und fragte: »Erzählst du das jetzt Mama?«

Udo ließ den Mäher stehen und drehte sich zu ihm um.

»Nein, Fred. Das werde ich nicht.« Er wandte den Blick zu Opa Drechsler, der unruhig mit den Füßen scharrte. »Ich habe es ja versprochen.«

Er ging an Anna vorbei, stellte sich direkt vor seinen Vater und senkte die Stimme, aber Anna konnte trotzdem noch verstehen, was er sagte: »Einmal abgesehen davon, dass du die Kinder in Gefahr gebracht hast und …«

»WAS?!«, schrie Anna dazwischen. »Was kann Opa Drechsler denn dafür, wenn dieser blöde Detlef seinen Hund loslässt?!«

Der Alte hob die Hand und lächelte ihr zu.

»Ist schon gut, Anna«, sagte er, und zu Udo: »Abgesehen davon?«

»Hält Kleinhans es genau wie ich für keine gute Idee, in Frauenkleidern da oben herumzuturnen und gegen das Hausverbot zu verstoßen, kurz bevor die Verhandlung beginnt. Was glaubst du, was das auf den Richter für einen Eindruck macht, wenn er davon erfährt?«

Opa Drechsler sagte nichts.

»Ich habe Wachtmeister Kleinhans gesagt, es gebe gute Gründe dafür.«

Opa Drechsler blickte erstaunt auf.

»Die muss es doch geben«, sagte Udo. »Sonst würdest du

dich doch nicht benehmen wie ein Elefant im Porzellanladen und alle meine Bemühungen, dein Häuschen zu retten, aufs Spiel setzen, oder?«

Sie sahen sich einen Moment lang tief in die Augen, dann nickte der Alte.

»Na schön«, sagte Udo. »Kleinhans hat sich überreden lassen und drückt wegen des Hausfriedensbruchs ein Auge zu. Unter zwei Bedingungen: Erstens, dass ich heute noch das gestohlene Buch bei ihm abliefere.«

Opa Drechsler griff in seine Tasche und gab es ihm.

»Und zweitens?«

Udo steckte umständlich das Buch ein, dann blickte er ernst in die Runde. »Keiner von euch darf sich dort vor Montag noch einmal sehen lassen!«

Anna spürte einen Stich in der Magengegend. Fred blickte zu Boden. Opa Drechsler rieb sich den Schnurrbart. Udo wandte sich wieder an ihn: »Willst du mir vielleicht sagen, was das für gute Gründe ...«

»NEIN!« Das war wieder Anna. Alle Köpfe drehten sich zu ihr. »Nein, das will er nicht!«, sagte sie und verschränkte die Arme.

Udo nickte nur langsam und ging zurück zu dem Rasenmäher. Er arbeitete weiter. Anna stapfte ins Haus und Opa Drechsler folgte ihr nach kurzem Zögern. Fred blieb draußen bei Udo.

Anna stand am Fenster und beobachtete, wie Fred hinterm Haus verschwand und mit einem Rechen zurückkehrte, der ungefähr doppelt so groß war wie er selbst. Obwohl ihr nicht danach war, musste sie kichern, als sie sah, wie er sich damit abmühte, das Gras aufzuhäufen. Dann trat Opa Drechsler neben Anna. Er hatte sich inzwischen umgezogen. Gemeinsam sahen sie den beiden da draußen eine Zeit lang schweigend zu.

»Wird Udo das wirklich für sich behalten?«, fragte sie.

Opa Drechsler sah nur aus dem Fenster. Dann sagte er scheinbar ohne Zusammenhang: »Otto von Finkenstein hat damals nichts dafür verlangt, dass wir hier drin wohnen durften.«

Anna sah ihn kurz an. Was kam jetzt für eine Geschichte?

»Aber Udo konnte es nicht dabei bewenden lassen. In seinen Augen standen wir in der Schuld des Grafen. Wir lebten im Gärtnerhaus, also waren wir die Gärtner, so muss er das gesehen haben. Darum ging er jeden Tag direkt nach der Schule hinauf auf das Anwesen und mähte den Rasen.«

Anna schaute sich mit großen Augen zu ihm um.

»Den ganzen Rasen? Aber das müssen doch mindestens … Wie viel zum Geier ist das?«

»Ungefähr drei Hektar.«

Anna schluckte. Draußen schob Udo unermüdlich den altersschwachen mechanischen Rasenmäher vor sich her.

»Etwa mit so einem Ding?!«

»Mit genau *diesem* Ding. Für einen kompletten Durchgang brauchte er mehr als zwei Wochen. Weißt du, wie schnell Gras im Sommer wächst? Wenn er an einem Ende angelangt war, ging er zurück zum anderen und fing von vorne an.«

Anna war sich nicht sicher, ob sie diese Geschichte wirklich hören wollte.

»Und der Graf hat das mitangesehen?«, fragte sie.

»Er konnte ihn nicht davon abbringen, genauso wenig wie ich. Ich glaube, wir haben ihn beide heimlich dafür bewundert. Dieser kleine Bursche hatte sich das in den Kopf gesetzt und er machte es. Volle drei Monate lang.«

Draußen stand Fred jetzt vor Udo, der in die Hocke ging und ihm irgendetwas über den Rasenmäher erklärte. Man konnte drinnen nicht hören, was er sagte.

»Und dann?«

»Kam Otto eines Abends hier unten vorbei und setzte sich mit Udo auf die Gartenbank da vorne. Sie redeten lange, ich habe keine Ahnung worüber. Schließlich gab er ihm etwas. Es war ziemlich klein. Ich erinnere mich, dass Udo es in der einen Hand hielt, während er die andere hochhob und etwas vor sich hin murmelte. Es sah aus wie ein Schwur.«

Opa Drechsler machte eine Pause.

»Danach ging Udo nur noch von Zeit zu Zeit zu Besuch nach Finkenstein und der Graf beauftragte wieder die Großgärtnerei in Neuenheide mit seinem Rasen.«

»Merkwürdig«, meinte Anna. »Was war das, was er ihm gegeben hat?«

Der Alte zuckte die Achseln. »Bis heute habe ich nicht die leiseste Ahnung.«

Wieder entstand eine Pause, schließlich sagte er: »Udo kann so einiges für sich behalten.«

Das Königsfeld

Udo war nach getaner Arbeit und einer nüchternen Verabschiedung irgendwann gefahren und die drei saßen beim Abendbrot. Die Stimmung war ziemlich im Keller.

»Habe ich das vorhin richtig verstanden?«, fragte Fred nach längerem wortlosen Suppelöffeln. »Wenn auch nur einer von uns noch einmal nach Finkenstein geht, kriegst du eine Anzeige wegen Hausfriedensbruchs, Opa Drechsler?«

Der Alte zwinkerte schelmisch und antwortete: »Nicht ganz. Falls ich mich nicht verhört habe, war der genaue Wortlaut: Wenn sich einer von uns *dort sehen lässt* … Das ist etwas anderes, oder?«

Anna blickte auf. Dieses alte Schlitzohr! »Du willst also immer noch weitermachen?«

»Nur wenn *ihr* wollt …«

Natürlich wollten Anna und Fred! Das Problem war nur: Wie sollten sie sich im Park bewegen, *ohne* gesehen zu werden? Ganz zu schweigen davon, dass sie möglicherweise noch einmal ins Schloss hineinmussten. Doch Opa Drechsler bestand darauf, dass sie sich über diese Dinge erst den Kopf zerbrechen sollten, wenn es so weit war. Im Augenblick hätten sie noch genug damit zu tun, den Spruch mit dem Königsfeld zu enträtseln.

Also kramte er sein altes Schachbrett heraus und Fred versuchte, am Wohnzimmertisch Graf Ottos Figurenanordnung nachzustellen, die er sich am Mittwoch ja lange genug angesehen hatte. Dabei murmelte er dann und wann etwas wie: »War der jetzt auch auf der E-Linie? Ah, nein, hier, D6. Richtig. Und die Dame dann … F5.« Schließlich hatte er alle Positionen gefunden.

»Und was soll das jetzt bringen?«, fragte Anna.

»Weiß nicht«, sagte er, ohne vom Brett aufzublicken. »Der weiße König stand jedenfalls auf B3.«

»So, so. Und wenn es nun doch einfach der König selbst ist, um den es geht?«

»Glaub ich nicht«, murmelte Fred nur.

»Wir sollten einfach mal nachsehen!«, beharrte sie.

»Viel zu riskant«, sagte Opa Drechsler. »Wenn wir dort wieder hingehen, dann nicht auf einen vagen Verdacht hin. Dann müssen wir ganz genau wissen, wo wir richtig sind. Wir wissen ja bis jetzt noch nicht einmal, wie wir es überhaupt anstellen wollen. Aber schwierig wird es mit Sicherheit!«

»Hm.«

»Wart's ab. Wir kommen gleich drauf«, sagte Fred selbstsicher.

Bei Einbruch der Dämmerung begann Anna allmählich, an dieser Behauptung zu zweifeln. Opa Drechsler und Fred saßen immer noch wie zwei von Ottos Statuen über das Brett gebeugt und grübelten.

Eigentlich nur aus Langeweile hatte sie in der Zwischenzeit Graf Finkensteins Rätsel auf dem Tisch ausgebreitet. Vor ihr lagen die Fotos von Dürers Stich, von *Stinken fein*, die Maße der Sonnenuhr, Caesars Karte, die Gedichte, Apollos Noten, die beiden Frottagen der Vogelbad-Quadrate. Und auch von der Buchseite des Goldkäfers hatten sie auf dem Hochsitz vorsorglich noch Fotos in offenem und gefaltetem Zustand gemacht, die Anna ausgedruckt hatte.

Sie ließ ihren Blick über all das schweifen. Er blieb an der Karte haften. Vielleicht konnte sie sich ja mit ihrer Hilfe schon einmal eine Möglichkeit überlegen, wie sie ungesehen auf das Gelände gelangen konnten, wenn das Feld-Rätsel endlich gelöst war. Sie fischte die Karte heraus und betrachtete sie ein Weilchen. Oh, Mann. Manchmal war alles ganz einfach, wenn man nur richtig hinguckte!

»Wie heißt das Feld, auf dem der König steht?«

»B3«, antwortete Fred. »Wieso?«

Sie hielt ihm die Karte hin und sagte in lässigem Ton: »Dann ist euch ja wohl klar, wo wir morgen hinmüssen!«

Dir auch? Was hat Anna auf der Karte entdeckt?

Fred schreckte hoch. Er lauschte. Es war spät in der Nacht. Grillen zirpten. Irgendwo in weiter Ferne rief ein Käuzchen. Sonst nichts. Hatte er sich das gerade eingebildet? Hatte er es geträumt? Im fahlen Mondlicht zeigte der Wecker exakt drei vor zwölf. Fred stand auf und öffnete die Zimmertür.

Anna, nachts bei Weitem nicht so verschlafen wie morgens, drehte sich träge um und sah ihn aus schmalen Äuglein an.

»Wasnlos?«

»Ich glaube, es hat an der Tür geklingelt.«

»Um diese Zeit? Das hast du geträumt.«

Fred spähte durch das Treppengeländer nach unten ins Wohnzimmer.

»Dann hat Opa Drechsler offenbar dasselbe geträumt. Er geht nachsehen.«

Anna stand missmutig auf und die beiden tappten langsam die Treppe hinunter. Opa Drechsler hatte kein Licht angemacht und schlich auf Zehenspitzen im Pyjama durch den Raum. Er bedeutete den zweien, still zu sein, und griff sich dann aus einem der vierzehn Schirmständer, die überall im Haus verteilt waren – von denen kein einziger einen Schirm enthielt –, zwei altmodische Teppichklopfer. Er wog beide in der Hand und entschied sich dann für den größeren. Nun schlich er weiter zur Haustür, drehte lautlos den Schlüssel herum, brachte seine Waffe in Anschlag und riss mit einem schnellen Ruck die Tür auf. Draußen stand – niemand.

Anna gähnte.

»Jepp. Ich geh dann mal wieder ins Bett. Nacht.«

Sie schlurfte gemächlich zurück zur Treppe, während der Alte, immer noch mit gezücktem Klopfer, den Kopf nach draußen streckte. Er spähte nach links. Nach rechts. Und dann, als er schon wieder die Tür schließen wollte, noch einmal nach unten. Fred folgte seinem Blick. Da lag etwas auf dem Fußabtreter, etwas Weißes. Es sah aus wie ein Briefumschlag!

»Warte, Anna«, wisperte er und lief zum Eingang, wo Opa Drechsler den Umschlag in der Hand drehte. Er blickte zu Fred und sah ihn zweifelnd an. Es wirkte fast so, als wollte er ihm den Brief nicht zeigen.

»Was ist das?«, fragte Fred.

»Ein Brief.«

»Von wem?!«, rief Anna aus dem Hintergrund.

Der Alte zog die Augenbrauen hoch, kratzte sich am Kopf und reichte Fred den Umschlag, der im Licht des Vollmonds strahlte. Fred drehte ihn um. Die Standuhr begann, zwölf zu schlagen. Auf der Rückseite des Umschlags stand: *Graf Fink kniff arg.*

Sonntag

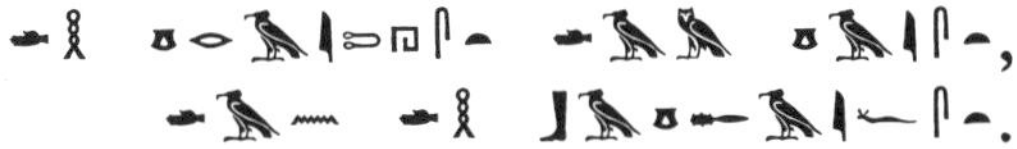

Johann Wolfgang [illegible]*, Faust*

Die Falle

»Und?!«, sagte Anna. Jetzt fühlte sie sich auf einmal hellwach. Sie ging auf die beiden zu, die wieder wie Salzsäulen dastanden und es nicht fertigbrachten, ihr eine Antwort zu geben. Sie nahm dem erstarrten Fred den Brief aus der Hand und sah ihn sich an.

»Wow.«

Mit einem Ratsch war der Umschlag offen und sie zog ein zusammengefaltetes Papier heraus. Fred schien immer noch völlig verdattert. Opa Drechsler hatte sich wieder gefangen, schloss die Tür und sagte: »Warte, Anna. Gehen wir ins Wohnzimmer und machen Licht.«

Sie schoben Fred sanft vor sich her und setzten sich an den Tisch, Opa Drechsler knipste die Stehlampe an. Sie warf ein grelles Licht auf das Papier in Annas Hand. Sie faltete es auseinander. Es war ein Foto. Ein auf dem Computer ausgedrucktes Luftbild. Alle drei erkannten sofort, welches Gelände es zeigte, auch wenn es nur ein Ausschnitt davon war. Es war ein äußerst interessanter Ausschnitt!

»Potzblitz!«, sagte Opa Drechsler. »Das nenne ich mal eine *raffinierte* Falle!«

»Falle?« Fred guckte wie ein Reh im Scheinwerferlicht.

»Das ist keine Falle«, sagte Anna.

»Was soll es denn sonst sein?!«

»Etwas, das wir im Moment richtig gut gebrauchen können. Den Rest klären wir später«, entgegnete sie.

»Wieso Falle?« Fred guckte von einem zum andern.

Kennst du den Weg, den Anna, Fred und Opa Drechsler gleich gehen werden?

Opa Drechsler achtete nicht auf ihn. Er heftete seinen Blick auf Anna. »Was glaubst du denn, wer uns das geschickt hat?«

»Frag doch mal Fred!« Ein etwas spöttisches Lächeln umspielte Annas Lippen.

»Wieso?«, sagte Fred.

»Der, den du meinst, Opa Drechsler, ist jedenfalls nicht clever genug für so etwas. Detlef würde einfach das Tor offen stehen lassen und uns das in einem Brief aus ausgeschnittenen Zeitungsbuchstaben mitteilen – und mit *Nero* unterschreiben. *Das* wäre eine Detlef-Falle!«

Opa Drechsler lehnte sich zurück. Er nahm das Luftbild in die Hand und betrachtete es eine Weile.

»Warum sind *wir* da nicht draufgekommen?«

»Weil selbst *wir* nicht so clever sind«, sagte Anna. »Wir wissen nicht mal, wo man solche Bilder herbekommt.«

»Internet«, murmelte Fred.

»Und *wann* willst du durch das Labyrinth gehen?«, fragte Opa Drechsler. Er sah Anna an, als wüsste er ihre Antwort nicht bereits ganz genau.

»Mannomann. *Tagsüber* wahrscheinlich! Wenn das Tor sowieso offen ist und Detlef mit dem Fernglas auf der Brüstung steht! Frag doch nicht so. Zieht euch was an und lasst uns gehen. Tappen wir in die Falle!«

Eine halbe Stunde später schlichen sie durch den nächtlichen Wald, um Finkenstein sein siebtes und letztes Rätsel zu entlocken. Anna hatte sich das Ganze allerdings irgendwie … romantischer vorgestellt. Trotz des strahlenden

Mondlichts war es stockdunkel unter den Bäumen, und was ein bei Tage so friedliches Wäldchen nachts alles für Geräusche produzierte – das konnten unmöglich die Tiere sein, die normalerweise hier lebten! Kühl war es auch. Als Anna im Schein ihrer Taschenlampe Freds Gesicht sah, war sie froh, dass sie im Gegensatz zu ihm wenigstens nicht an Gespenster glaubte.

»Hier«, sagte sie, griff in ihre Jackentasche und holte das Luftbild hervor. »Du musst uns noch den Weg durch das Labyrinth einzeichnen, Fred.«

Er lief weiter wie aufgezogen. Opa Drechsler drehte sich besorgt um. Anna raunte: »Komm schon, Brüderchen. Wir brauchen dich! Außer dir kriegt das von uns keiner hin. Ich halt dir die Lampe.«

So tappten sie schweigend weiter, Anna immer dicht hinter Fred. Der bahnte sich im Lichtkegel ihrer Lampe den Weg durch das Labyrinth und vergaß darüber seine Angst.

Schließlich traten sie zwischen den Baumreihen hervor und mussten sich erst einmal die Hand vor die Augen halten. Vor ihnen lag eine weiß strahlende Wiese. Rechts konnte man schemenhaft die Mauer des Anwesens erkennen mit ihrer großen Ausbuchtung: dem Labyrinth. Sie hielten darauf zu.

Fred machte gerade den letzten Strich auf das Luftbild, als sie vor dem Eingang ankamen. Ein dunkler, schmaler Durchlass in der meterhohen Mauer eröffnete sich vor ihnen. Fred blinzelte hinein.

Er wollte instinktiv weglaufen. Sollte er allein in den Wald zurückrennen? Das war ja beinahe noch schlimmer, als da reinzugehen. Er sah keinen anderen Ausweg, als in komplette Starre zu verfallen.

Opa Drechsler griff zur Taschenlampe, atmete tief durch und sagte: »Gut. Jetzt nehme ich das Luftbild und gehe voraus, dann kommt Fred, dann Anna. Ihr bleibt auf jeden Fall dicht hinter mir, okay?«

Anna nickte ernst. Fred stierte auf den Eingang des Labyrinths. Opa Drechsler stupste ihn an. »Fred, ich brauche ein *Okay*.«

»Okay.«

So wie Fred das sagte, erinnerte er Anna an ihre alte Puppe, die *Mama* sagte, wenn man sie hochhob. Jedes Mal. Sie ging zu ihm hin und stupste ihn ebenfalls an.

»Okay.«

Doch er rührte sich nicht.

»Jetzt hör mir mal zu, Fred. Angenommen … nur mal angenommen, Graf Otto von Finkenstein würde hier tatsächlich als Gespenst herumspuken, was nicht der Fall ist. Weil es nicht sein kann! Aber nur einmal angenommen: Dann wäre er auf unserer Seite, klar?!«

Fred nickte. Doch er bewegte sich immer noch nicht. Anna schüttelte verärgert den Kopf.

»Und diesen verdammten *Mikrotaunus* hat es nie gegeben! Und jetzt komm endlich, sonst lassen wir dich hier stehen, alter Hasenfuß!«

Fred setzte sich mechanisch in Bewegung.

Im Haus des Asterion

Nach ein paar Abzweigungen drehte Anna sich um und wusste schon nicht mehr, wo sie hergekommen waren. Es war wirklich etwas ganz anderes, ob man so ein Labyrinth von oben sah oder ob man mittendrin stand. Kein Wunder, dass Opa Drechsler und Fred am Mittwoch über zwei Stunden lang hilflos darin umhergeirrt waren.

Der Alte blieb jetzt stehen. Er leuchtete mit der Taschenlampe in sämtliche Richtungen, dann wieder auf das Luftbild, das er sich direkt unter die Nase hielt. Dabei brummelte er unverständliches Zeugs.

Plötzlich erwachte Fred aus seiner Betäubung und schloss zu ihm auf.

»Darf ich, Opa Drechsler?«, sagte er mit zittriger Stimme.

»Gerne«, seufzte der Alte, »meine Augen sind nicht mehr die besten, weißt du.«

Fred nahm das Luftbild, sah kurz darauf und drehte es dann um hundertachtzig Grad. Opa Drechsler hüstelte verlegen.

Fred sagte: »Wir müssen ein Stück zurück, dann links und dann noch einmal links, an der Außenmauer entlang. Siehst du, hier.«

Er übernahm die Führung. Opa Drechsler und Anna lächelten sich zu. Jetzt kamen sie gut voran. Doch ein paar Minuten später blieb Fred in einem Durchgang stehen und starrte auf das Mauerstück direkt vor seiner Nase. Anna stupste ihn im Halbdunkel aus Versehen von hinten an.

»Was ist los?«, fragte sie.

Sie blickte über seine Schulter auf das Luftbild. Sein Finger, mit dem er den Weg immer mitverfolgt hatte, lag genau in der Mitte des Labyrinths. Sie schob den Finger sachte beiseite und betrachtete das quadratische Gebilde im Zentrum.

»Was ist das? Komisch. Ist da etwas drin?« Sie wollte das Bild gerade genauer studieren, als Fred schnell an dem Quader vorbeihuschte und schon im Durchgang auf der gegenüberliegenden Seite verschwunden war. Opa Drechsler lief hinterher und fuchtelte mit der Hand in Richtung Anna.

»Komm, wir müssen zusammenbleiben.«

Mit einem nachdenklichen Blick zurück folgte sie den beiden aus dem Labyrinth.

Vor ihnen lag Finkenstein im Vollmond, genau so, wie Fred es sich vorgestellt hatte: schauerlich. Und dennoch schön, wenn auch auf beunruhigende Art. Sie überquerten die kleine Brücke und liefen rechts im Schutz der Bäume am Bach entlang und um das Schloss herum. Niemand war zu sehen: weder Nero noch Detlef, noch … Wer sollte auch sonst zu sehen sein?, sagte sich Fred und lief weiter. Anna war mittlerweile schon am Ziel angelangt – der *Pyramide*, die sich als hell leuchtendes Dreieck vom Rasen abhob.

»Und jetzt?«, wisperte Anna, als Opa Drechsler und Fred näher kamen.

»Tja, mal genauer ansehen«, sagte Opa Drechsler.

Sie gingen langsam um die Pyramide herum und ließen den Lichtkegel über jeden einzelnen Stein gleiten. An der dritten Seite sagte Fred: »Stopp! Da war doch etwas, da auf dem großen Stein, ganz unten in der Mitte.«

Sie gingen näher heran und entdeckten das kleine eingravierte Zeichen. Es war ein König: und zwar kein ägyptischer Pharao, sondern ein Schach-König!

»Volltreffer«, sagte Anna und war schon dabei, an dem Stein herumzuklopfen und zu -drücken. Und dies eine Mal hatte sie sogar Erfolg mit ihrer Methode! Der Stein bewegte sich. Er drehte sich leise knirschend um seine Mittelachse und gab rechts und links zwei schmale Durchgänge frei, gerade hoch genug, um hindurchzukriechen. Mit zufriedenem Gesicht kniete Anna sich davor und sagte: »Willkommen im siebten Rätsel, Jungs! Ganz schön düster da drin. Wer will zuerst?«

Opa Drechsler schüttelte den Kopf.

»Nein, Kinder. Das ist zu viel für meine alten Knochen. Ich fürchte, da kann ich nicht mitkommen.«

Fred wurde ein bisschen mulmig zumute, doch er versuchte, sich nichts anmerken zu lassen. Schließlich konnte er seine Schwester nicht ganz allein da hineinschicken. Außerdem hatte er es heute schon durch das Labyrinth geschafft. Und es war nichts Schlimmes passiert … also los! Er nahm von Opa Drechsler die Lampe und das Fotohandy in Empfang und sagte zu Anna: »Gehen wir.«

Dann krochen sie gleichzeitig durch die beiden Eingänge in die Pyramide.

Im Haus des Pharao

Drinnen roch es nach kaltem Stein und Moos. Noch im Liegen ließ Fred die Lampe umherschweifen. Eine kleine Spinne flüchtete in eine Ecke. Ansonsten war der spitz zulaufende Raum leer, bis auf eine kleine runde Steinbank in der Mitte. Wortlos setzten sie sich beide hin und starrten auf die Wände, die Fred ableuchtete. Zwei der vier Seiten waren mit fremdartigen Zeichen beschrieben.

»Sind das etwa Hieroglyphen?«, sagte Anna.

»Mhm«, machte Fred nur. Er leuchtete noch einmal alle Ecken aus, auf der Suche nach einem vertrauten Wort, irgendeinem Hinweis oder einer Hilfe. Wie sollten sie sonst jemals schlau daraus werden? Aber nichts. Nichts außer diesen ägyptischen Symbolen.

Eine Minute später kamen sie wieder zu Opa Drechsler herausgekrochen.

»Und?«, fragte er.

Fred hielt ihm schweigend das Handy hin. Opa Drechsler blickte vom Display zu den ratlosen Gesichtern der Kinder, hob die Hände und lächelte.

»Was ist? Habt ihr gedacht, das letzte Rätsel wäre das einfachste?«

Er bückte sich, schob den großen Stein wieder in seine ursprüngliche Position und fügte hinzu: »Keine Bange, wir werden schon dahinterkommen. Aber lasst uns zuerst hier verschwinden.«

Du musst das Buch im Uhrzeigersinn drehen, um die Zeichen richtig herum zu sehen.

Sie erreichten wieder unbehelligt das Labyrinth und traten ein. Fred ging voraus, dicht hinter ihm Opa Drechsler, dann Anna. Die erste Biegung nach rechts, ein langer Gang, die zweite nach links, wieder ein langer Gang, noch mal links, dann gleich nach rechts, vier … Fred zählte die Richtungswechsel still vor sich hin, um sich abzulenken. Aber es wirkte nicht, im Gegenteil. Nach dem fünfunddreißigsten würden sie vor dem Zentrum des Labyrinths stehen. Vor diesem Mauergeviert, das irgendetwas einschloss. Es *musste* irgendetwas einschließen, sonst ergab es keinen Sinn. Fred wusste das. Er kannte Graf Otto inzwischen.

Aber er konnte den anderen nichts davon sagen. Denn er hatte *zwei* vage Vorstellungen, was darin versteckt sein könnte. Die eine war interessant. Die andere unaussprechlich.

Dreiunddreißig, vierunddreißig, fünfunddreißig. Fred blieb stehen.

»Was ist?«, fragte Opa Drechsler. Fred leuchtete die Wand vor sich ab. Er sagte nichts.

»Wir sind wieder in der Mitte, stimmt's?«, meldete sich Anna und kam nach vorne. »Zeig mal her.«

Sie nahm Fred die Lampe und das Luftbild ab und studierte es genau.

»Das sind bloß vier Wände«, sagte sie dann bestimmt, »weiter nichts. Vier von Hunderten.«

»Wovon redet ihr?«, fragte Opa Drechsler.

»Mein kleiner Bruder glaubt anscheinend immer noch, dass hier drin jemand wohnt – besser gesagt: etwas«, sagte sie und deutete mit der Lampe auf die Wand vor ihnen. »Und *das da* hält er für sein Schlafzimmer!«

Sie wandte sich Fred zu, leuchtete sich selbst von unten ins Gesicht und schnitt eine Grimasse. »Sti-hi-hiiiiiiiimmt's?!«

»Sehr witzig«, murmelte Fred.

»Fred weiß, dass es keinen Minotaurus gibt«, sagte Opa Drechsler.

»Dann können wir ja weiter«, meinte Anna und ging jetzt voraus.

Opa Drechsler folgte ihr. Fred kam zögernd hinterher. Ohne Lampe in der Hand wirkte alles noch unheimlicher. Er folgte im Halbdunkel Opa Drechslers schemenhaft erkennbarem Rücken. Über sich sah er eine Unmenge Sterne, vorne Annas umherhuschenden Lichtkegel.

Er blieb stehen. Die andern merkten nicht, dass er zurückblieb, und gingen weiter. Sie würden sicher gleich auf ihn warten. Fred kehrte um.

Er legte die Hände an die Mauer und umrundete das viereckige Gebilde. Da! Tatsächlich, am Rand der dritten Seite war eine deutlich spürbare Fuge in der Wand. Am anderen Rand ebenso. Es war eine steinerne Tür!

Er drückte, versuchte seine Finger in den Spalt zu bekommen und zu ziehen, doch nichts passierte. Er ging noch einmal dicht daran entlang und *autsch!* – fiel zu Boden.

Er war über etwas Kleines, Hartes gestolpert. Mist, hier unten konnte man ja überhaupt nichts mehr erkennen, warum hatten sie eigentlich nicht drei Taschenlampen mitgenommen? Er tastete sich auf allen vieren zurück zu der Stelle, wo er gestolpert war. Seine Hand fuhr hin und her, dann blieb sie an etwas hängen. Aber es war nichts aus Stein oder Metall. Und es war zu weit über dem Boden. Außerdem machte es einen winzigen Schritt rückwärts, als er es berührte. Fred blickte langsam auf. Er zitterte. Gegen den Sternenhimmel zeichnete sich ein riesiger Kopf mit zwei spitzen Hörnern ab.

Der Minotaurus

»Wo ist Fred?«, fragte Anna.

»Keine Ahnung.« Opa Drechsler wandte sich besorgt um. »Du wartest hier.« Er nahm die Karte und die Lampe an sich, ging zurück ins Labyrinth und bog direkt falsch ab. Er blieb stehen und machte kehrt.

Anna stand direkt hinter ihm und streckte die Hände aus. Opa Drechsler gab ihr wortlos die Sachen zurück. Gemeinsam machten sie sich ein weiteres Mal auf den Weg ins Innere des Labyrinths. An jedem Durchgang steckte der Alte seinen Kopf um die Ecke und rief halblaut: »Fred? Bist du da?«

Nichts.

Plötzlich ein gedämpfter Laut, eine Art Grollen. Was auch immer es war – es kam nicht von einem Menschen.

»FREEEEEED«, kreischte Anna und lief los. Direkt auf das schreckliche Geräusch zu, das bloß ein paar Gänge weit entfernt sein konnte. Opa Drechsler kam kaum hinterher.

Anna flitzte um ein paar Ecken, da war es wieder: *Wrrrrrrrrr.* Sie blieb stehen und lauschte. Wo war das hergekommen? *Wrrrrrrrrr.* Da vorn.

Sie rannte wieder um zwei Ecken. Jetzt hörte sie das Grollen viel leiser. Mist. Sie rannte zurück, bog rechts ab und blieb abrupt stehen. War sie von rechts gekommen? Sie leuchtete im Kreis. Vor ihr lagen drei Gänge. Sie sahen alle gleich aus. Wo war Opa Drechsler?

WOOORRRAAUUUUUUUU!

Zwanzig Sekunden später. Im Zentrum des Labyrinths kauerte Fred in einer Ecke und hielt die Hände vors Gesicht, als Anna zu ihm hinrannte und dabei hektisch umherleuchtete. Sonst war nichts und niemand zu sehen. Sie legte ihrem Bruder die Hand auf die Schulter.

»Kleiner. Ich bin hier, alles okay. Alles okay?«

Er nahm die Hände herunter und sah sie ausdruckslos an. Nun kam Opa Drechsler dazu. Er nahm Fred bei den Schultern und half ihm hoch. Mit einer Kopfbewegung bedeutete er Anna vorauszugehen. Den aufs Neue erstarrten Fred fest an seine Seite gedrückt folgte er ihr nach draußen.

Freds Betäubung hielt zum Glück nicht ewig an. Schon auf dem Pfad durch den Wald erkannte Anna ihren Bruder wieder, als er darauf bestand, allein weiterzugehen. Doch auf ihre Frage, was passiert sei, gab er zunächst keine Antwort. Irgendwann fing er mit gesenktem Kopf an zu berichten.

»Da war etwas auf dem Boden, etwas aus Metall. Ich wollte nur mal nachsehen, und dann war da plötzlich …«

Anna kam näher. Er sprach so leise.

»Im ersten Moment dachte ich wirklich, es wäre der Mino…« Er schielte zu ihr hoch. »Aber es war nur der blöde

Hund! Na ja, was heißt nur?! Er stand direkt über mir, ich auf den Knien. Er knurrte mir seinen stinkenden Atem direkt ins Gesicht.«

Anna schluckte.

»Und du weißt ja, dass er seinen Speichel nicht im Maul behalten kann.«

»Uh!«

»Ich wich vorsichtig zurück. Er kam auf mich zu. Knurrte. Ich dachte, gleich fällt er mich an.«

»Oh. Mann. Hör auf. Und dann?«

»Wie, und dann? Das wisst ihr doch.«

Anna stutzte, Opa Drechsler kam näher heran und sagte in nachdenklichem Ton: »Sicher, sicher. Erzähl es uns trotzdem noch einmal.«

»Opa Drechsler kam in den Gang gestürmt, hat Nero am Halsband zurückgezerrt und weit in einen der Gänge gejagt. Dann bist du auch dazugekommen.«

Inzwischen waren die drei aus dem Wald herausgetreten und stehengeblieben.

»Opa Drechsler hat Nero verjagt?«, fragte Anna erstaunt.

»Ich habe ihn zwar nicht gleich erkannt, wegen seiner Schirmmütze, aber du kannst es nicht gewesen sein.«

Fred blickte von Anna zu Opa Drechsler. Das Haar des Alten schimmerte silbern im Mondlicht.

»Ich besitze keine Mützen«, sagte er.

Fred wurde schwindlig.

Pharaos Geheimschrift

Anna öffnete die Augen und betrachtete aufmerksam einige Risse in der Decke. Sie sahen aus wie ein Gesicht. Es war Otto von Finkenstein, der sie anlächelte. Sie lächelte zurück. Dann richtete sie sich auf und begutachtete ihre Füße.

»Fred, ich habe etwas Komisches geträumt. Wir waren in einer winzigen ägyptischen Pyramide und dann war sie auf einmal ein großes Labyrinth und dann …«

Sie hielt inne. Hatte sie das alles überhaupt nicht geträumt? Natürlich – der nächtliche Brief, das Luftbild, die Hieroglyphen! Sie blickte von Freds leerem Bett zum Wecker auf seinem Nachttisch. Es war bereits kurz vor zwei! Sonntagmittag, sie mussten schleunigst das siebte Rätsel knacken und sie hatte wieder einmal total verpennt.

Als sie die Treppe hinunterholperte, blickten Fred und Opa Drechsler von einem Wust von Zetteln und Büchern auf, die sie vor sich auf dem Wohnzimmertisch ausgebreitet hatten.

»Hallo, Anna«, sagten beide nur. Sie wirkten zwar nicht gerade ausgeschlafen, dafür aber unglaublich beschäftigt.

»Der Frühstückstisch ist noch gedeckt«, sagte Opa Drechsler und beugte sich wieder über sein Buch. Kein Wort über die Uhrzeit und kein unfreundlicher Unterton. Dafür war Anna dankbar. Sie klinkte sich sofort ein.

»Wie läuft es? Kommt ihr voran? Lernt ihr Ägyptisch?«

»Das müssen wir wahrscheinlich nicht«, antwortete Fred.

»Hol dir erst mal was zu trinken und setz dich, dann erkläre ich es dir.«

Nachdem sie sich einen Stuhl herangezogen hatte, zeigte Fred ihr die Fotos, die sie gestern Nacht in der Pyramide gemacht hatten. Er fragte, ob ihr etwas auffalle. Sie war zwar noch nicht vollständig auf der Höhe, aber nach einiger Zeit sah sie, was sie schon bei dem Text auf Caesars Karte bemerkt hatte: Jeweils zwei Zeilen endeten immer mit denselben Symbolen. Es war also wieder ein Gedicht.

»Genau«, meinte Fred. »Und was fällt dir noch auf?«

Anna zeigte stumm auf den Kringel in der dritten Zeile.

»Ja, nein, dazu kommen wir gleich. Erst einmal geht es um die Punkte.«

»Aha.«

»Und die Kommas.«

»Und was bedeutet das?«, sagte Anna.

Fred war in seinem Element. Er erläuterte ihr mit Feuereifer, was die beiden mithilfe von Opa Drechslers Büchern und im Internet herausgefunden hatten: Satzzeichen hatte es im alten Ägypten nicht gegeben und auch keine Wortzwischenräume. Man hatte die Hieroglyphen direkt aneinandergesetzt, oft auch einzelne übereinander, ohne Punkt und Komma. Aber die hier waren ganz klar in Wörter gruppiert, säuberlich hintereinandergereiht und mit Satzzeichen versehen. Wie die Buchstaben unserer heutigen Schrift.

»Also«, schloss Fred begeistert, »lautet unsere Theorie: Wir haben es mit einem als Ägyptisch getarnten, durch monoalphabetische Substitution chiffrierten deutschen Text in Paarreimen zu tun!«

Bevor Anna das dringende Bedürfnis überkam, sich wieder ins Bett zu legen, meldete sich Opa Drechsler schmunzelnd zu Wort: »Was dir dein Bruder mitteilen will, Anna, ist Folgendes: Es handelt sich zwar um die echten Hieroglyphen-*Zeichen*, aber Graf von Finkenstein hat sie wahrscheinlich zu einer neuen, eigenen Geheimschrift zusammengesetzt, die nichts mit Ägyptisch zu tun hat. Jedes dieser Zeichen steht für einen bestimmten Buchstaben. Wir müssen lediglich herausfinden, welches für welchen steht.«

Das klang nun zwar schon wesentlich einfacher, aber war es das auch?

Hast du eine Idee, wie man so etwas anfängt?

»Wie sollen wir das anstellen?«, überlegte Anna. »Die Möglichkeiten sind doch praktisch unendlich.«

»Theoretisch ja. Aber dann auch wieder nicht«, sagte Fred geheimnisvoll.

»Erinnerst du dich, dass ich gestern sagte, Otto hätte uns Hinweise gegeben?«, fragte Opa Drechsler.

Anna nickte.

»Nun. Einer davon ist dir ja schon aufgefallen.«

»Der Kringel?«

»Jepp«, machte Fred und übernahm wieder die Erklärungen, was Anna schon im Voraus ein leichtes Pochen in der Schläfe verursachte. Doch diesmal riss er sich am Riemen und sprach einigermaßen verständlich.

»Das nennt sich *Kartusche*. Die kommen auch in den echten Hieroglyphen vor.« Er zeigte auf das Foto eines mit Schriftzeichen übersäten schwarzen Steins in einem der aufgeschlagenen Bücher. »Hier steht, dass auf diese Art immer Namen hervorgehoben wurden, meistens die von Königen. Und weißt du, was da noch steht?«

Fred war richtig aufgeregt. Anna machte ein fragendes Gesicht.

»Dass diese Namenskartuschen für den französischen Sprachforscher Champollion im neunzehnten Jahrhundert den ersten Anknüpfungspunkt lieferten, um die echte Hieroglyphenschrift zu entziffern. Nachdem man jahrtausendelang dran herumgerätselt hatte!«

»Wow«, sagte Anna und besah sich den Kringel genauer.

»Na, und welcher Name könnte da wohl drinstehen?«, sagte Opa Drechsler.

Das ist leicht, oder? Damit hättest du schon zwei Buchstaben, die du im gesamten Text jeweils unter die entsprechenden Zeichen schreiben kannst. Zwei erste Schritte zur Entschlüsselung.

»ANNA«, sagte Anna.

»OTTO!«, sagte Fred und sah sie verdattert an. Sie schmunzelte. Opa Drechsler lachte.

»Na gut, damit hätten wir also schon zwei Buchstaben erkannt, O und T. Aber Otto hat uns, wie gesagt, noch einen weiteren Hinweis geliefert und der ist wirklich *Gold* wert.«

»Den *Goldkäfer*«, ergänzte Fred.

»Den *Goldkäfer*?«

»Jepp«, sagte Fred. »Wir beide haben die Geschichte selber ja gar nicht weiter beachtet, aber Opa Drechsler hat sie zum Glück am Freitagabend schon im Internet gelesen.«

»Diese Geschichte enthält einen ungewöhnlichen und für uns äußerst interessanten Teil. Der Autor Edgar Allan Poe widmet nämlich mehrere Seiten einer ausführlichen Anleitung zum Entschlüsseln genau *so* einer Geheimschrift. Komischer Zufall, was?«

Anna war nicht unbeeindruckt. Nun langte Fred nach den Papieren und hob ein Blatt mit ziemlich vielen kleinen Strichen hoch.

»Du hast übrigens Glück, Schlafmütze, die lästige Kleinarbeit haben wir schon erledigt: Buchstabenzählen.«

Fred hielt wieder einen kleinen Vortrag. Er berichtete, dass vor langer Zeit ein arabischer Gelehrter nach Jahrhunderten, in denen diese Art von Geheimschrift als unknackbar gegolten hatte, eine entscheidende Entdeckung gemacht hatte: Buchstaben kommen unterschiedlich oft vor! Das klingt zunächst einmal nach einer Binsenweisheit. Doch diese Häufigkeiten sind nicht zufällig, sondern in allen Texten einer Sprache ganz ähnlich.

»Zum Beispiel ist der Buchstabe E in vielen Sprachen mit Abstand der häufigste, auch im Deutschen. Wir haben hier irgendwo eine Liste mit den deutschen Durchschnittswerten.«

Opa Drechsler kramte sie heraus.

»Wie du siehst«, sagte er, »kommt das E unheimlich oft, Q, X und Y dagegen fast nie vor. Man kann sich natürlich nicht hundertprozentig auf diese Reihenfolge verlassen. Wenn

Durchschnittliche Häufigkeit der Buchstaben:

e	54	u	15	f	4
n	33	h	14	z	4
i	24	g	10	k	3
s	22	l	10	v	2
r	19	c	9	p	2
a	18	m	7	j	1
t	17	w	6	q	1
d	16	b	5	x, y	<1

Häufigkeit von Ottos Hieroglyphen:

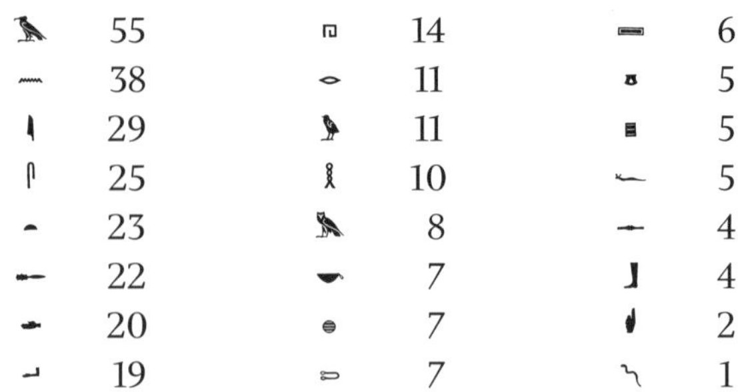

dein Text nur *Annas Mama mag Ananas* lautet, kannst du die Sache komplett vergessen. Aber wenn wir davon ausgehen, dass sich der Graf einigermaßen normal ausgedrückt hat, haben wir mit dieser Liste eine nützliche Orientierungshilfe. Was wir außerdem brauchen, ist ein bisschen Fantasie.«

Anna schaute auf die Uhr. »Dann lasst uns keine Zeit mehr verlieren.«

Kryptoanalyse

Das Zeichen, das den dreien beim Vergleich der Listen sofort ins Auge stach, war der Geier. Er kam mit großem Abstand am häufigsten vor, dass sie ziemlich sicher waren: Er musste für das E stehen. Also schrieben sie mit Bleistift unter jeden Geier ein E. Anna wollte gleich darauf die Zickzack-Linie zum N erklären, doch Opa Drechsler wiegelte ab.

»Warte mal, das ist nicht ganz so eindeutig. Könnte auch I, S oder R sein. Lasst uns das im Hinterkopf behalten und erst einmal sehen, ob wir etwas *Markantes* haben.«

Die Kinder wussten nicht so recht, was *markant* in diesem Fall bedeuten sollte, doch sie suchten. Opa Drechsler dagegen, der ja den *Goldkäfer* gelesen hatte, schien ziemlich genau zu wissen, was er finden wollte. Er studierte den Ausdruck eine Zeit lang sehr aufmerksam, dann lehnte er sich zufrieden zurück.

»Guckt euch die siebte Zeile an – die letzte vom ersten Teil. Seht ihr's?«

Anna und Fred guckten, zuckten nach einer Weile aber beide die Achseln.

»Hier, ich meine diese beiden kurzen Wörtchen mit nur zwei Symbolen«, sagte der Alte. »Eins davon ist jeweils dieser Bogen, die andern haben wir schon.«

Er schrieb auf einen Notizzettel _ O und E _ .

»Da kommen für diesen Bogen wohl nicht viele Buchstaben in Frage, wenn zwei sinnvolle Wörter herauskommen sollen, was meint ihr?«

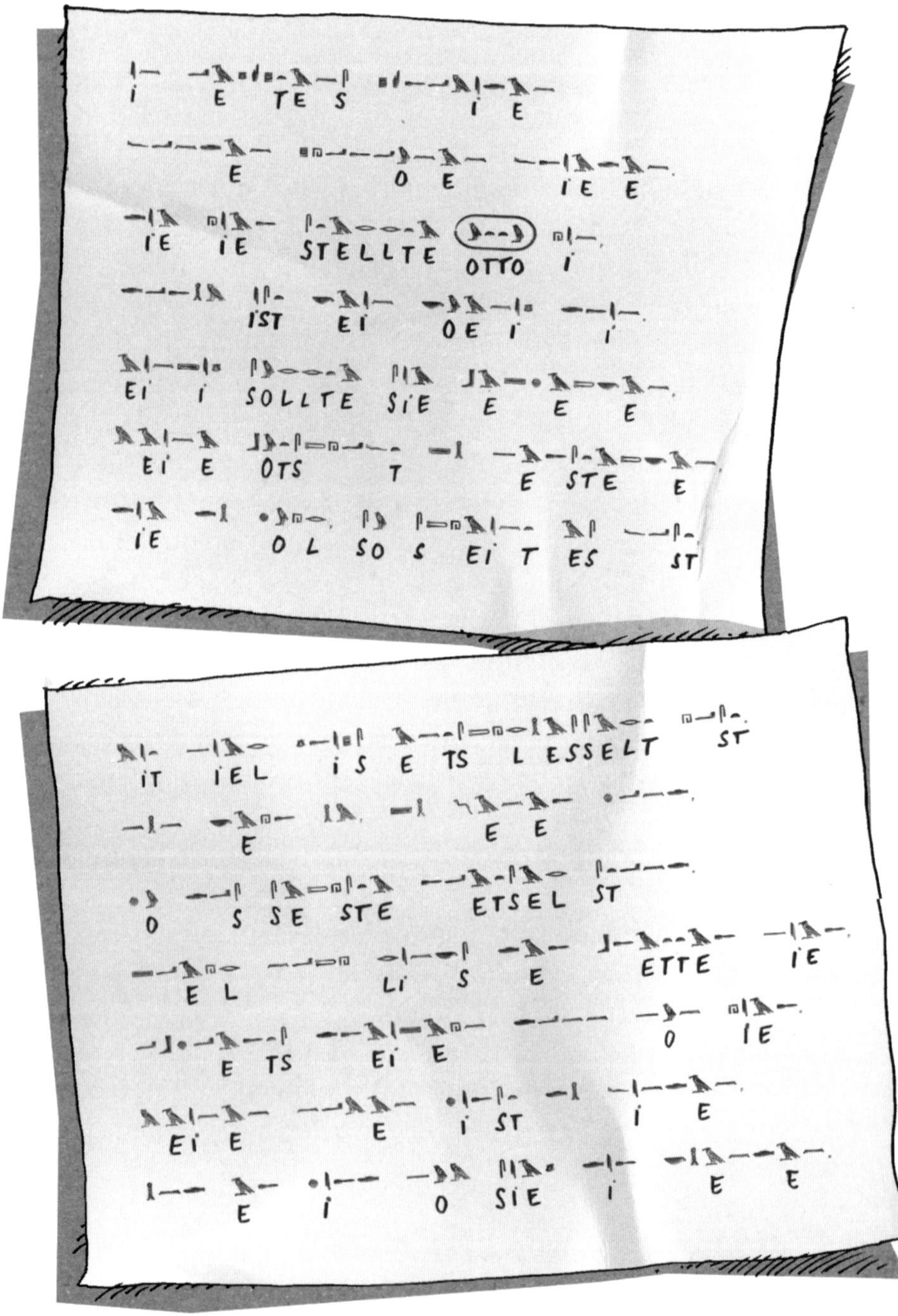

I E TES S I E
E O E IE E
IE IE STELLTE OTTO I
IST EI OE I I
EI I SOLLTE SIE E E E
EI E OTS T E STE E
IE O L SO S EI T ES ST
IT IEL I S E TS L ESSELT ST
E E E
O S SE STE ETSEL ST
E L LI S E ETTE IE
E TS EI E O IE
EI E E I ST I E
E I O SIE I E E

»S«, rief Anna.

»Kooorrekt«, sagte Fred. »Das haut auch mit der Häufigkeit hin.«

»Schwups, schon haben wir wieder einen erwischt«, lachte Opa Drechsler. Nachdem sie das S überall eingetragen hatten, beugten sie sich wieder lange über das Blatt auf der Suche nach ähnlichen Auffälligkeiten.

»Ich hab was!« Anna deutete auf zwei Wörter in der dritten und der fünften Zeile. Sie griff sich den Zettel und notierte S T E _ _ T E und S O _ _ T E.

Welcher Buchstabe macht daraus zwei sinnvolle Wörter?

»Klar, der ist auch im Kasten.« Fred schrieb den Buchstaben unter die Oval-Symbole.

»Ich habe auch wieder etwas ausgespäht«, sagte Opa Drechsler einige Zeit später. »Zeile vier und fünf.«

Er schrieb: _ S T und S _ E. Auch hier fand sich nur ein Buchstabe, der Sinn ergab. Dann folgte ein langes, schweigsames Suchen und Kopfzerbrechen. Die Uhr tickte und die drei knobelten. Den nächsten Vorstoß machte irgendwann Fred, dem ein Wort in der zehnten Zeile auffiel, dessen Endung ihm doch sehr vertraut vorkam. Es brachte sie gleich zwei Schritte weiter.

Jetzt, wo du weißt, wie der Codeknacker-Hase läuft, kannst du die drei ja mal locker überholen …

Herr Kleinkariert

Es war kurz nach vier, als das Telefon klingelte.

»Wer ist das denn jetzt?«, sagte Anna. Die Stimmung war ziemlich angespannt. Sie kamen zwar stetig voran, doch sie hatten die Lösung noch nicht. Sogar Opa Drechsler wurde allmählich zappelig, denn schließlich blieb ihnen nur noch heute, um das Testament zu finden.

»Keibe Ahbung. Wahrscheiblich Ubo«, brummte er mit vollem Mund. Um Zeit zu sparen, hatten sie das Mittagessen gestrichen und verdrückten nebenher ein paar Stullen.

»Dann lass es klingeln.«

Der Alte schüttelte den Kopf und ging hinüber zum Telefon.

»Hallo, Sohnemann.«

Er hörte eine Weile zu. Dann druckste er zunächst unverständlich, murmelte dann etwas von *heute Abend, dann aber ganz bestimmt* und legte unschlüssig auf. Anna blickte ihn fragend an.

»Udo«, sagte er, indem er sich wieder hinsetzte. »Er will, dass ich komme. Morgen ist diese Verhandlung, bei der ich immerhin als Zeuge aussagen muss. Und ich habe die ganze Woche noch kaum ein Wort mit ihm darüber gesprochen. Er hat recht. Ich muss unbedingt nachher noch zu ihm.«

»Nachher?«, sagte Anna. »Nachher haben wir Ottos Testament und damit hat sich diese Verhandlung morgen erledigt, hast du das etwa vergessen?«

»Richtig, wenn … Ja, richtig. Dann mal weiter hier«, murmelte Opa Drechsler, schob seine Brille zurecht und widmete sich wieder der Geheimschrift.

Fred blickte auf. Anna sah missmutig aus. Stimmte hier irgendetwas nicht? Er schüttelte den Kopf und konzentrierte sich wieder.

Gegen fünf Uhr schrieb Fred ein J auf das Papier und das war der letzte Buchstabe. Die Hieroglyphen waren entschlüsselt!

Alle drei stierten auf das Blatt und sagten nichts. Sie konnten sich nicht über die Lösung freuen.

»Ich hab's geahnt«, stöhnte Anna.

»Wir müssen in die Bibliothek«, sagte Fred.

»*Wir* können nicht in die Bibliothek«, sagte Opa Drechsler. »Wir müssen jemanden …«

»Wir *müssen* aber!«, unterbrach Anna.

Opa Drechsler stand auf, legte die Hände auf den Rücken und ging eine Weile auf und ab. Dann blieb er stehen und sagte: »Sobald wir auch nur einen Fuß in das Museum setzen, lässt Detlef uns von Kleinhans abholen, das ist so sicher wie das Amen in der Kirche. So kommen wir auf keinen Fall an das Testament.«

»Wir warten einfach, bis es dunkel ist, gehen wieder durchs Labyrinth, schlagen ein kleines Fenster ein und drin sind wir«, sagte Anna und sah den Alten herausfordernd an.

»Bist du jetzt übergeschnappt?! Das wäre *Einbruch*, junge Dame, und so etwas kommt auf gar keinen Fall in die Tüte, hast du mich verstanden?«

»Dann willst du also aufgeben? Oder hast du vielleicht eine bessere Idee?«

Fred blickte zwischen den beiden hin und her. Hier war mit Sicherheit etwas nicht in Ordnung. Opa Drechsler nickte energisch.

»Ja, die habe ich. Und du weißt auch, welche! Er ist unsere letzte Rettung, du willst es nur nicht wahrhaben.«

Anna sagte nichts.

Fred sah Opa Drechsler fragend an.

»Ich werde jetzt noch einmal Udo anrufen und ihm alles erzählen. Er wird uns helfen. Er geht für uns hin.«

Gute Idee, wollte Fred sagen, doch der Alte hatte sich schon abgewandt, und als er Anna anguckte, hielt er lieber den Mund.

Als Opa Drechsler eine Viertelstunde später den Hörer auflegte, wirkte er ziemlich verwirrt.

»Und?«, sagte Fred.

»Ich verstehe das nicht. Udo sagt, er kann das nicht für uns tun.«

»*Herr Kleinkariert* kann uns nicht helfen«, flüsterte Anna. »*Herr Kleinkariert* hat Angst, er könnte gegen irgendwelche Paragrafen verstoßen.«

Sie wurde zornig über die blöden Tränen, die ihr mit einem Mal in die Augen stiegen. Schnell stand sie auf und rannte die Treppe hoch.

Droben krachte die Mansardentür zu. Fred saß nur da und verstand die Welt nicht mehr. Die Standuhr tickte. In etwas mehr als einer halben Stunde würde die Bibliothek schließen. Sie wussten, wo Ottos Testament war, aber sie kamen nicht ran.

Und Udo wollte ihnen nicht helfen? Das war's dann wohl. War das möglich? Hatten sie wirklich all das geschafft, waren sie so weit gekommen – um im letzten Moment zu scheitern?

Opa Drechsler straffte sich. Er ging zu Fred und strich ihm über den Kopf. Dann setzte er sich stumm neben ihn. Gemeinsam glotzten sie die Standuhr an. Eine Ewigkeit lang. Eine Weile hatte Fred noch gehofft, Opa Drechsler würde gleich aufspringen und die rettende Idee herausposaunen. Doch als die Uhr sechs schlug, wurde ihm klar, dass auch der alte Mann mit seinem Latein am Ende war.

»Nimm es nicht so schwer, Fred«, sagte er jetzt. »Wir waren richtig gut. Ihr beiden wart *exorbitant*. Aber manchmal ...«

»Laufen die Dinge eben nicht so, wie man will«, sagte Fred.

»Richtig.«

Der Alte machte eine Pause.

»Aber ich bin das Gefühl nie losgeworden, dass es immer einen Grund dafür gibt, auch wenn wir ihn zunächst nicht erkennen können.« Es vergingen einige Minuten, ehe er fortfuhr: »Ich werde mich jetzt aufs Rad setzen und zu meinem Sohn fahren. Wir haben einiges zu besprechen. Vielleicht kann er mir das ja erklären. Was weiß ich. Ich muss mit ihm reden.«

Fred nickte.

»Vorher gehe ich noch einmal hoch zu Anna und ...«

»Lieber nicht«, sagte Fred. »Ich kenne sie. Wenn sie so ist, muss man sie erst mal in Ruhe lassen. Ich kümmere mich um sie.«

»In Ordnung«, sagte Opa Drechsler, stand auf und verließ das Haus. Fred war allein. Er saß da. Nach einiger Zeit wühlte er auf dem Tisch herum und zog die Karte hervor. Er betrachtete sie und *dachte konzentriert nach.*

Die dünne Linie

Anna hatte Schluckauf. Es war bescheuert: Immer wenn sie weinte, bekam sie irgendwann Schluckauf. Wie sollte man sich anständig selbst leidtun, wenn man so lächerlich herumhickste? Verärgert setzte sie sich im Bett auf, biss in ihr Kopfkissen und guckte aus dem Fenster. Die Sonne war schon fast untergegangen, im Haus war es still.

Udo hatte alles versaut. Nach all dem, was Opa Drechsler erzählt hatte, war sie schon drauf und dran gewesen, ihn okay zu finden. Doch er hatte sie hängen lassen!

Sie schmiss das Kissen an die Wand, stand auf und ging durch das dunkle Treppenhaus nach unten. In der Küche brannte Licht. Fred saß allein am Küchentisch, steif wie ein Brett und mit aufgeschnalltem Rucksack. In der Hand hielt er eine Taschenlampe. Er drehte sich langsam zu ihr um.

»Fertig? Können wir los?«

»Zeig noch mal her«, sagte Anna, als die beiden aus dem dunklen Wald auf die Wiese traten. Hinter dem Anwesen schimmerte der Horizont noch rosa von den letzten Strahlen der Sonne, über ihnen stand schon der Mond zur Wachablösung bereit. Wieder brach die Nacht ein über Finkenstein.

Fred reichte seiner Schwester Caesars Karte. Anna schüttelte zum hundertsten Mal ungläubig den Kopf: Da war sie, die dünne gestrichelte Linie. Sie war deutlich zu sehen und trotzdem hatte sie tagelang keiner von ihnen bemerkt. Keiner außer ihrem Brüderchen Fred, natürlich. Die Linie reichte vom Schloss quer durch den Park zum Labyrinth. Fred hatte ihr erklärt, was es seiner Meinung nach damit auf sich hatte. Es klang einleuchtend. Zumindest war es möglich. Jedenfalls war es ihre letzte Chance.

Sie gingen weiter und blieben kurz darauf vor dem Eingang des Labyrinths stehen.

»Sollen wir das wirklich *allein* versuchen?«, fragte Anna.

»Das habe ich dir doch schon erklärt«, antwortete Fred geduldig. »Wenn das tatsächlich ein Geheimgang ist, dringen wir dadurch ins Schloss ein. Auch wenn der Zugang offen ist, ist das bestimmt nicht erlaubt. Opa Drechsler kann sich so etwas jedenfalls nicht leisten. Er würde wahrscheinlich eh nicht mitmachen. *Wir* sind Kinder. Falls wir erwischt werden – haben wir uns eben nichts dabei gedacht.«

»Ich erkenn dich nicht wieder, Kleiner!«

Sie betraten das Labyrinth. Irgendwo im Tal heulte ein Hund. In einem Häuschen ein Stück den Berg hinunter klingelte lange ein Telefon. Niemand nahm ab.

Fred leuchtete die Wand in der Mitte des Labyrinths ab.

»Tatsächlich«, sagte Anna, »da *ist* eine Tür! Und wie geht die auf?«

Fred richtete die Lampe nach unten und suchte den Boden ab. Ganz nah an der Mauer, zwischen einigen Grasbüscheln, fand er, was er suchte. Es war ein kleiner eiserner Ring.

»Damit, schätze ich.«

Er steckte zwei Finger durch den Ring.

Anna umklammerte ihre Taschenlampe.

»Und wenn da drin nun doch etwas anderes …?«

»Es gibt keinen Minotaurus«, unterbrach Fred. Er sprach es leise und eindringlich aus, wie einen Zauberspruch. Dann zog er an dem Ring.

Eine Kette hing daran. Fred zog und die Steinwand vor ihnen schob sich mit leisem Schaben nach unten, bis sie ganz im Boden verschwunden war.

Anna leuchtete hinein. Sie blickten direkt in die bösartige Fratze eines großen Stierkopfs!

Doch er war nur aus Stein, er war an der hinteren Wand befestigt. Anna musste sich einen Moment anlehnen, Freds Herz raste.

»Na super, Otto«, murmelte er, »herzlichen Dank.«

Der quadratische Raum hatte keinen Boden. Eine steile Treppe führte nach unten und verschwand im Dunkel.

»Ich fasse es nicht!«, sagte Anna.

Fred stieg bereits langsam die Treppe hinunter. Sie folgte ihm.

Die Stufen mündeten nach wenigen Metern in ein schmales, gewölbtes Steintor. Dahinter wurde das Licht ihrer Lampen von einem endlos erscheinenden Gang verschluckt. Sie blieben dicht beisammen, leuchteten in alle Richtungen und schritten vorsichtig voran. Der Boden bestand aus Sandsteinplatten, die Wände aus gestampftem Lehm. Es roch nach muffigem alten Keller, doch es herrschte ein leichter Durchzug. Nach kurzer Zeit vernahm Fred dasselbe pfeifende Geräusch, das ihm am Mittwoch bei dem Trojanischen Pferd im Park gehört aufgefallen war.
Mit einem Blick auf die Karte schätzte er, das sie etwa dreißig Meter gegangen waren und sich jetzt genau unter der Skulptur des Drachen befanden. Über ihnen entdeckte er Lüftungsschlitze. Er hatte richtig vermutet. Der Drache und das Pferd dienten zur Belüftung des Geheimgangs!

Die Wände waren übersät mit schwarzen Darstellungen, die wirkten wie die Höhlenzeichnungen, die die beiden aus Büchern über die Steinzeit kannten. Doch hier waren es überall nur Menschen mit Stierkopf, in allen Größen und Haltungen. Sie kamen auch immer wieder an kleinen Nischen vorbei, in denen hie und da eine abgebrannte Kerze stand.

Irgendwann endete der Gang an einer grob gezimmerten Holztür. Die beiden blieben stehen. Erst jetzt bemerkte Fred, dass er die Hand seiner Schwester umklammert hielt. Vielleicht war es aber auch umgekehrt. Hinter sich hörten sie das leise Quieken und die trippelnden Schritte einer verängstigten Ratte.

Fred ließ Annas Hand los und ging direkt auf die Tür zu.

»Ich nehme das von gestern Nacht übrigens zurück«, sagte Anna. »Du bist kein Hasenfuß.«

Er hielt kurz inne und sagte: »Doch, eigentlich schon.«

Dann drückte er die Klinke. Mit einem leisen, langgezogenen Quietschen öffnete sich die Tür.

Die Vorhalle

Dahinter führte eine Treppe aufwärts, die Wände bestanden hier aus Mauerwerk.

»Sind wir jetzt im Schloss?«, flüsterte Anna.

»Ich glaube schon.«

Sie stiegen nach oben. Die Treppe endete auf einem kleinen Absatz, wo es nicht weiterzugehen schien. Erst als sie dort ankamen, entdeckten sie an einer der Wände eine eiserne Steigleiter. Sie führte zu einer kleinen runden Steinplatte in der Decke. Eine Falltür. Fred holte noch einmal die Karte hervor und hielt die Taschenlampe dicht daran. Es war nicht eindeutig zu sagen, in welchen Teil des Gebäudes die gestrichelte Linie führte.

»Tja«, wisperte er, »wenn wir Pech haben, kommen wir direkt in Detlefs Schlafzimmer raus.«

»Oder unter Neros Hundekorb. Gleich werden wir es wissen.«

Damit kletterte Anna schon nach oben und drückte vorsichtig gegen die Falltür. Die Platte ließ sich problemlos anheben. Anna öffnete sie einen Spaltbreit. Ein schwacher Lichtschein fiel herein. Mit angehaltenem Atem schob sie ihren Kopf nach oben und äugte durch den Spalt.

Das musste die Eingangshalle sein. Durch hohe Giebelfenster schien der Mond herein und tauchte den Raum in ein fahles Licht. Sie blickte über einen weitläufigen, schwarz-weiß gemusterten Marmorfußboden. Rechts sah sie in einiger Entfernung die unteren Stufen einer großen geschwungenen Treppe, links ein Tor aus dunklem Holz, das sie als das Hauptportal erkannte. Anna spitzte die Ohren. Da alles still war, hob sie die Steinscheibe vollständig an, schob sie behutsam zur Seite und kletterte hinaus. »Komm, die Luft ist rein«, hauchte sie nach unten.

Nachdem Fred nach oben gekommen war, schoben sie die Steinplatte zurück und sahen sich um.

Seit einer Woche waren sie auf dem Gelände unterwegs, doch vom Inneren des Schlosses hatten sie bisher nur das Museum gesehen. Und da hatte es ja nicht viel zu sehen gegeben. Hier war das anders. Auf einem großen, prächtigen Wandtteppich kämpfte ein Sagenheld mit einem ungeheuren Drachen. Überall gab es Lanzen und Wappenschilde, zahllose kleine Landschaftsgemälde, Spiegel und Stuckverzierungen. Rundherum standen kunstvoll geschnitzte Stühle, Ritterrüstungen, goldene Kerzenständer, von der Decke hing ein riesiger Kronleuchter.

Fred ging hinüber zum Treppenaufgang und leuchtete an einer Reihe von dunklen Ölporträts entlang. Alle Dargestellten blickten ihn aus altertümlichen Kleidern und unter weißen Perücken hervor grimmig an, als seien sie von seiner Lampe gestört worden. Bis auf einen, ganz oben auf der Galerie. Direkt über einer antiken Truhe hing dort das großformatige Bildnis eines stehenden älteren Herrn im dunklen Anzug. Er lächelte geheimnisvoll. Fred konnte nicht anders. Er schritt die mit rotem Teppich belegten Stufen hinauf.

»He! Wo willst du denn hin? Die Bibliothek muss irgendwo im Erdgeschoss sein!«

Fred nickte, ohne sich umzudrehen. »Dahinter muss sie sein.« Er zeigte auf eine holzvertäfelte Wand. »Ich bin gleich zurück. Das da oben ist Otto, ich muss ihm schnell Guten Tag sagen.«

Anna schüttelte ärgerlich den Kopf. Typisch Fred. Als hätten sie jetzt Zeit für solche Mätzchen. Aber mit der Richtung hatte er recht. Wenn da das Hauptportal war – sie drehte sich um – musste genau hinter *dieser* Wand die Bibliothek sein. Doch da war nirgends eine Tür.

Plötzlich ein knackendes Geräusch! Der ganze Eingangssaal erstrahlte im blendend hellen Licht des Kronleuchters.

Anna konnte sich gerade noch hinter einer Rüstung an die Holzwand pressen. Da öffnete sich direkt neben ihr eine Tür! Schritte hallten auf dem Boden. Detlef!

Er trat heraus, rückte seine Brille zurecht und schloss die verborgene Tür hinter sich. Unter dem Arm hielt er einige Bücher. Eines davon kannte Anna. Es war der *Goldkäfer*. Detlef wandte sich zur Treppe und ging schlurfenden Schritts nach oben. Was war mit Fred? Hoffentlich war er rechtzeitig …

Oh, Gott! Das konnte doch nicht wahr sein! Voll Entsetzen blickte sie in das Gesicht ihres Bruders, der direkt am Treppenabsatz auf der antiken Truhe stand, eingefasst von dem wuchtigen Goldrahmen hinter sich, genau vor Otto von Finkensteins Porträt. Fred lächelte geheimnisvoll.

Detlef kam im oberen Stockwerk an, stoppte wenige Zentimeter vor Freds Schuhspitzen und wandte sich, ohne zu zögern, nach rechts. Er schritt die Galerie entlang und verschwand am nördlichen Ende in einer anderen Tür. Das Licht ging aus.

Anna sackte langsam an der Wand hinunter und atmete schwer.

»Sag mal, du hast vielleicht Nerven!«, stöhnte sie, als Fred zu ihr herunterkam.

»Ich war mir irgendwie sicher, dass Detlef Ottos Bild niemals ansieht.«

Jetzt untersuchten die beiden die Wand an der Stelle, wo Detlef herausgekommen war. Sie war mit einem kleinteiligen Relief beschnitzt, auf dem unzählige Figürchen eine Menge merkwürdiger Dinge taten. Ihnen fiel ein kleiner Affe auf, der auf halber Höhe in der Ecke saß und dem Betrachter ein Buch entgegenhielt. Sein Arm stand dabei etwas weiter hervor als der Rest der Darstellungen. Und es sah so aus, als sei der Arm an der Schulter mit einem Gelenk befestigt. Es war eine Klinke!

So gesehen war Detlefs plötzlicher Auftritt ein Glücksfall gewesen, denn ohne ihn hätten sie womöglich Stunden gebraucht, um den Zugang zur Bibliothek zu finden. Fred drückte die Klinke herunter und die Tür öffnete sich.

Tücken der Siegesgöttin

Anna und Fred betraten die Bibliothek. Die Tür war auf der Rückseite ein Regal voller Buchattrappen. Deshalb hatten sie sie auch von innen nie bemerkt und deshalb hatte Detlef wohl auch jedes Mal so unvermittelt im Museum auftauchen können. Fred schloss die Tür und sah sich um.

Es war hier wesentlich düsterer als in der Vorhalle. Er ging zu einem der Fenster, öffnete es und drückte vorsichtig den angelehnten Fensterladen zurück. Jetzt konnte man etwas mehr erkennen.

Anna stieg schon die Wendeltreppe hoch, zu der Stelle, wo der Goldkäfer gestanden hatte. Fred folgte ihr und zückte seine Abschrift des Pharao-Gedichts:

In Ägyptens Pyramiden
fanden Pharaonen Frieden.
Die hier stellte Otto hin,
darum ist kein König drin.

Einzig sollte sie bezwecken,
meine Botschaft zu verstecken,
die du wohl, so scheint es fast,
mit viel Grips entschlüsselt hast.

Nun kehr um, zu jener Wand,
wo das sechste Rätsel stand.
Zähl nach links der Bretter vier,
abwärts dreizehn dann von hier.

Meinen Namen wirst du finden,
und er wird vom Sieg dir künden.

»*Zähl nach links der Bretter vier.*« Fred zählte und zeigte dann auf ein Regalbrett in der linken Ecke.

»*Abwärts dreizehn dann von hier.*« Bei sechs war er am untersten Bord angekommen. Also stiegen sie die Treppe wieder hinunter und zählten unten weiter bis dreizehn.

»Eigenartig«, meinte Anna, »das ist genau die Buchreihe, die ich mir am Mittwoch als Erstes angesehen habe. Aber Ottos Buch war da bestimmt nicht dazwischen, das wäre mir aufgefallen …«

Die beiden neigten die Köpfe und leuchteten einen Buchrücken nach dem andern ab. Fred flüsterte die Autorennamen und Titel:

»Platon – *Menon*, Mark Twain – *Die Abenteuer des Huckleberry Finn*, Lewis Carroll – *Alice hinter den Spiegeln*, Max Frisch – *Mein Name sei Gantenbein*, Michael Ende – *Jim Knopf und die Wilde Dreizehn*, Kaspar Mungs – *Nikes Finten*, Christian Morgenstern – *Auf vielen Wegen*, John Steinbeck – *Jenseits von Eden*, Daniel Napp – *Dr. Brumm geht baden*– Johann Wolfgang Goethe – *West-östlicher Divan*.«

> Graf Finkensteins Buch der Palindrome und Anagramme ist nicht dabei, da hat Anna recht. Das hat er aber auch in dem Gedicht nicht behauptet …

»Gib mir mal den Zettel, bitte!«, sagte Anna.

Fred reichte ihn ihr.

»*Meinen Namen wirst du finden*, hm …« Anna besah sich noch einmal das Regal. »Ha! Das da! *Mein Name sei Gantenbein!*« Sie nahm das Buch und blätterte es durch. Es enthielt nur Text, keine besondere Seite, nichts Auffälliges.

Sie blickte enttäuscht zu ihrem Bruder. Doch Fred achtete gar nicht auf sie. Mit offenem Mund besah er sich immer noch die andern Bücher. Nun griff er ebenfalls nach einem.

»N I K E S F I N T E N«, buchstabierte er langsam. »Nike ist doch die griechische Siegesgöttin.«

Anna starrte eine Weile auf den Buchrücken, den er ihr hinhielt, dann lächelte sie. »Das ist ein Anagramm von STINKEN FEIN!«

»Und von FINNENKISTE«, antwortete Fred und zeigte auf die Stelle, wo der dicke Wälzer gestanden hatte. In der Rückwand des Regals war ein kleines Schlüsselloch, darunter stand geschrieben: *Der Schlüssel ist im Buch.*

»Yesyesyes-jipiiiie«, stieß Anna hervor und machte einen möglichst geräuscharmen kleinen Freudentanz um ihren Bruder. Dann nahm sie ihm schwungvoll das Buch ab und schlug es auf.

Es bestand nur aus unbedruckten Blättern. Nirgends war eine Ausstanzung, in der ein Schlüssel lag, wie sie es erwartet hatte. Nur Hunderte von leeren Seiten. Bis auf die letzte. Auf ihr standen in winziger Schrift die Worte: DUERERS DOLCH. Das war alles.

Wäre ja auch zu einfach gewesen. Wer oder was ist der Schlüssel?

»*Dürers Dolch?* Dein Otto geht mir allmählich auf den Keks, weißt du das?«

Fred zuckte nur die Achseln und ging mit dem Buch zu einem der Stehpulte an dem geöffneten Fenster, wo das

Mondlicht ausreichte, um die Buchstaben gut zu sehen. Er setzte den Rucksack ab und holte Bleistift und ein leeres Blatt heraus.

»Vielleicht ist es jetzt ganz einfach. Wenn außen ein Anagramm draufsteht, ist innen möglicherweise auch eins drin. So aus dem Kopf habe ich zwar noch nichts darin erkannt, aber mal sehen.«

Er wandte Opa Drechslers Methode an: aufschreiben und zerschneiden.

»Glaub ich nicht«, sagte Anna. »Das hat doch bestimmt etwas mit dem Kupferstich von Dürer zu tun.«

Fred wog den Kopf. »Sicher«, meinte er, »das ist auch möglich.«

»Weißt du was? Mach du hier weiter, ich gehe mal nachsehen.«

»Okay«, antwortete Fred, ohne zu zögern. Einen Moment lang war er selbst erstaunt darüber. Vor wenigen Tagen noch hätten ihn keine zehn Pferde dazu gebracht, freiwillig allein hierzubleiben! Er widmete sich den Buchstaben, während Anna durch die Tür zum Museum schlüpfte.

Annas Lichtkegel glitt über den Kupferstich im letzten Saal. Da lagen einige Gegenstände auf dem Boden, aber kein … Doch! Die geflügelte Figur selbst hatte ihn in der Hand, den Dolch. Merkwürdig, Anna hatte aus irgendwelchen Gründen an dieser Stelle einen Zirkel in Erinnerung. Sie ging ganz nah heran und besah sich den Griff des Dolchs. Plötzlich bekam sie weiche Knie und musste sich einen Augenblick hinsetzen. Das war unmöglich. Das konnte nicht sein!

Sie rappelte sich auf und betrachtete den Griff noch einmal. Es gab keinen Zweifel. Sie hastete durch die sieben Säle zurück zu Fred.

Was hat Anna in diesem Ding wiedererkannt?

»Das *glaubst* du nicht!«, raunte sie, kaum dass sie die Bibliothek betreten hatte. Doch Fred reagierte nicht.

Sie strahlte ihn mit der Taschenlampe an. Er stierte regungslos aus dem Fenster. Sie folgte seinem Blick. Draußen lief ein Schatten über den mondbeschienenen Rasen.

»Soll ich dir beschreiben, was ich sehe, oder siehst du es auch?«, flüsterte Fred mit Grabesstimme.

Anna kniff die Augen zusammen.

»Dafür gibt es eine einfache Erklärung.«

Eben verschwand der Schatten unterhalb der Freitreppe aus ihrem Sichtfeld.

»Und zwar?« Fred kramte im Rucksack nach seiner Steinschleuder.

Der Schatten huschte am Hauptportal vorbei auf sie zu. Das offene Fenster! Anna hechtete hinüber, lehnte sich mit dem Rücken gegen die Wand und umklammerte ihre Taschenlampe.

»Jemand will uns ans Leder.«

Ein leises Scharren war an der Außenmauer zu hören. Anna holte zum Schlag aus. Fred griff nach einem Radiergummi und spannte ihn in seine Schleuder.

Ein Kopf tauchte über dem Fensterbrett auf.

»Noch nicht«, wisperte Anna.

Der Schatten kletterte auf das Fensterbrett. Er schwang seine Beine durch das Fenster.

»Jetzt!«

Die Verteidigung

»*Autsch!* Sagt mal! Seid ihr jetzt wirklich von *allen* guten Geistern verlassen?«

Anna erstarrte mit erhobener Taschenlampe, Fred ließ die Schleuder sinken.

»Mama?!« Fred sah aus, als würde er seinen Mund niemals mehr zubekommen. Mama stand mitten im Raum, verschränkte die Arme und musterte die beiden mit finsterer Miene.

»Was, zum Kuckuck, treibt ihr hier?!«

Anna brachte keinen Ton heraus.

»Wir … es ist …«, stammelte Fred. »Wir mussten unbedingt …«

»Ihr musstet unbedingt mal wieder bis zum *Gehtnichtmehr* übertreiben!«

Anna sah zu Boden.

»Tagsüber da draußen rumschleichen und Detektiv spielen – von mir aus. Aber das hier …«

»Du … du hast gewusst, was wir machen?«, sagte Fred.

»Ich hatte keine Ahnung, was ihr macht! Opa Drechsler

hat es vorhin erzählt. Ich komme nach einer anstrengenden Woche völlig gerädert bei Udo im Hotel an und was erfahre ich dort als Erstes? Meine Kinder sind verschwunden! Dann ist er mit dieser Geschichte rausgerückt. Eine Schatzsuche, schön und gut. So was habe ich früher auch gemacht. Aber *das hier* ist wirklich kein Spaß mehr! Mitten in der Nacht gewaltsam in anderer Leute Häuser einsteigen?! Ich fasse es nicht!«

Anna schüttelte nur stumm den Kopf, Fred wisperte: »Wir haben einen Geheimgang gefunden und ...«

»Das ist mir doch piepegal, Freunde! Ihr kommt jetzt auf der Stelle ...«

»Einen Geheimgang?«

Das war Udos Stimme. Sein Kopf tauchte über dem Fensterbrett auf.

»Ihr seid durch einen Geheimgang reingekommen?«

Fred nickte.

»Und der war zugänglich? Ihr musstet nirgends drüberklettern, nichts kaputtmachen oder aufbrechen?«

Fred schüttelte den Kopf.

»Was soll *das* denn jetzt heißen?«, sagte Mama.

»Heike! In dem Fall ist alles nicht so schlimm.«

»Wie bitte?«

»Die Kinder sind drauf und dran, Papas Häuschen zu retten!«

Anna starrte ihn unverwandt an.

»Die Verhandlung morgen ist zum Scheitern verurteilt«, sagte Udo. »Das ist mir schon seit einer Weile klar. Wenn mein einziger Zeuge ein älterer Herr ist, der andauernd

Lausbubenstreiche ausheckt und erst vor wenigen Tagen in Frauenkleidern hier aufgegriffen worden ist ...«

Ein leises Glucksen war zu vernehmen. Es kam von unter dem Fenster.

»Wenn dieser Herr also als einziger Zeuge für die Zurechnungsfähigkeit einer Frau aussagt, die volle dreißig Jahre lang ein *leeres* Museum betrieben hat, kann der Richter beim besten Willen nicht zu unseren Gunsten entscheiden.«

Mama trat ans Fenster.

»Aber ...«

»Aber ich hatte noch eine andere Hoffnung.«

Udo fasste Mamas Hand und blickte Anna an.

»Du wolltest uns nicht helfen!«, platzte Anna heraus.

Mama sah verwirrt von ihr zu Udo.

»Ich wollte schon«, sagte er. »Glaub mir. Aber ich konnte nicht. Nicht so.«

»Nicht wie?«, fragte Mama.

»Warte, lass mich erzählen«, sagte Udo. »Vorhin hat mir Papa endlich verraten, wonach die drei genau suchen. Nämlich nach dem Testament des alten Grafen Otto von Finkenstein.«

Mama blickte ihn bloß verständnislos an.

»Das ist der, der dieses Museum gebaut und den Park angelegt hat – Noras Onkel.«

»Und?«

»Und mit Klugheit, Mut und Beharrlichkeit haben die Kinder ...«

Von außen drang ein unverständliches Brummeln herauf. Udo lächelte und flüsterte nach unten: »Ja, sicher, *dich* habe ich nicht vergessen. Ich zähle dich dazu, du unverbesserlicher Kindskopf.«

Der Alte kicherte. Anna war derweil froh, dass im Dunkeln niemand bemerkte, dass sie bei Udos Lob ein bisschen rot geworden war. Fred strahlte. Mama blickte gespannt zu Udo.

»Die *drei* Kinder haben eine Spur verfolgt, die vom alten Otto ausgelegt worden ist. Er wollte ganz offensichtlich jedem, der sich für Rätselhaftes interessiert, die Chance geben, sein Testament zu finden!«

Mama nickte. »Verstehe. Und wenn sie das finden …«

»Dann sieht alles anders aus«, sagte Udo.

»Habt ihr es gefunden, Kinder?«, meldete sich Opa Drechsler von unten.

»So gut wie«, gab Fred zurück. »Wir wissen, wo es ist, uns fehlt nur noch der Schlüssel.«

»Wir *haben* den Schlüssel«, sagte Anna.

»Wir *haben* den Schlüssel?« Fred drehte sich verwundert nach Anna um.

Der Schlüssel

»Jetzt wird's spannend«, sagte Opa Drechsler. »Hilf mir doch endlich mal da hoch, Sohnemann!«

Mit vereinten Kräften hievten Udo, Mama und Anna den ächzenden Opa Drechsler durchs Fenster in die Bibliothek. Dann streckte Mama ihre Hand nach Udo aus. Doch er blieb draußen stehen und schüttelte den Kopf.

»Nein, danke«, sagte er, »ich kann da nicht rein.«

»Wieso *das* denn?«, fragte Mama.

»Er hat es geschworen«, flüsterte Anna.

Opa Drechsler, Fred und Mama sahen sich an. Udo lächelte. Anna lächelte ebenfalls. Sie fragte: »Muss ich irgendetwas Bestimmtes sagen oder reicht es, wenn ich sage: Wir brauchen den Schlüssel von dir?«

»Welchen Schlüssel?«, sagte Udo.

»Den, den dir Otto von Finkenstein vor dreißig Jahren anvertraut hat. Den Schlüssel zu seinem Testament.«

»Den hier meinst du wohl?« Er langte nach seiner Halskette. »Der Graf sagte damals, ich solle nachfragen, wie viele Rätsel gelöst worden seien?«

»Sieben.«

Udo stieg durch das Fenster. Als er fast abrutschte, griff Anna seinen Arm. Opa Drechsler und Mama standen wie angewurzelt da. Fred guckte auf seine Buchstabenschnipsel auf dem Stehpult.

DUERERS DOLCH. Er sortierte sie neu. Alle sahen ihm über die Schulter, als unter seinen Händen ein Name entstand:

UDO DRECHSLER

»Exorbitant«, sagte Fred und guckte Udo an, als würde er ihn zum ersten Mal sehen. »Also hast du *gewusst*, dass wir das Testament suchen?«

»Nein«, antwortete Udo. »Graf Otto hat mir damals so gut wie nichts gesagt. Ich musste ihm schwören, dass ich nicht versuchen würde herauszufinden, was es mit dem Schlüssel auf sich hatte. Vor allem dürfte ich dieses Gebäude nicht betreten, bis …«

»Dich jemand nach dem Schlüssel fragt und die Zahl *Sieben* nennt.« Mama schmunzelte. »Kein Wunder, dass ich monatelang vergeblich versucht habe, dir dieses hässliche Schmuckstück auszureden.« Sie zwinkerte Anna zu.

»Ja, ja!«, meldete sich Opa Drechsler, »wollen wir jetzt vielleicht endlich mal nach Ottos Testament sehen?«

Die Kinder leuchteten den Weg zu dem Regal mit dem Schlüsselloch. Alle stellten sich davor auf. Udo zog sein Kettchen vom Hals und Opa Drechsler nahm es an sich. Ohne viel Federlesens steckte er den Schlüssel ins Schloss und drehte ihn um.

Mit einem kaum vernehmbaren Klacken bewegte sich das gesamte Regal ein kleines Stück nach vorn. Der Alte zog daran und es schwang auf. Dahinter öffnete sich ein kleiner Raum mit Wänden aus Sandstein, gerade so groß wie ein Fahrstuhl. In die hintere Wand waren Buchstaben eingemeißelt. Opa Drechsler las leise vor:

Nun hast du der Rätsel schon sieben
bestanden und fand'st auch den DOLCH.
Du wirst auch dies achte noch lieben …
(Hier reimt sich jetzt leider nur *Molch*.)

Ich muß dir das eine noch stellen,
sonst weiß ich nicht: Wie kamst du her?
Den wahren Weg oder den schnellen?
Der wahre ist mühsam und schwer.

Das Rätsel heißt KRYPTO – nichts weiter.
Sechs Buchstaben, jeder ein Knopf.
Drück richtig, das wäre gescheiter!
Wer falsch drückt, der landet im Topf.

Betracht' es von höherer Warte:
Was du schon geschafft hast, ist viel.
Es brachte dir auch eine Karte.
Erkenne: Dein Weg ist das Ziel!

»Jetzt übertreibt er aber wirklich«, sagte Fred.

Welchen Buchstaben sollen sie drücken?

Während die anderen nachdenklich dastanden, trat Anna in die Kammer und besah sich die Sache näher. Die Buchstaben des Wortes KRYPTO waren steinerne Tasten. Als sie in dem Raum umherleuchtete, entdeckte sie, dass sich auf dem Boden rundum an den Wänden eine Fuge entlangzog.

»Eine Falltür!«

»Die vermutlich von jedem falschen Buchstaben ausgelöst wird«, sagte Udo.

»Komm da raus«, zischte Mama und zog Anna zurück.

»Der *Topf*«, sinnierte Opa Drechsler, »davon hat mir meine Oma einmal erzählt. Es war die Legende von einem uralten Brunnen hier in der Gegend, von dem niemand wusste, wie tief er war. Vor Jahrhunderten soll es einen Mann gegeben haben, der es unbedingt herausfinden wollte und einen riesigen Felsblock hineingeworfen hat. Dann wartete er, bis er ihn aufplatschen hörte.«

»Und?«, fragte Anna.

»Er soll darüber gestorben sein.«

»Herzlichen Dank«, sagte Mama. »Keiner von euch wird hier irgendwo draufdrücken, verstanden? Wo ist Frederik?«

Fred stand hinter ihnen an einem der Pulte und hatte Caesars Karte daraufgelegt. Er holte einen Bleistift hervor.

»Der Weg ist das Ziel. Das kann doch nur bedeuten, dass wir die sieben Rätselorte in der richtigen Reihenfolge miteinander verbinden müssen. Wenn das einen Buchstaben ergibt, haben wir …«

»Genial«, unterbrach ihn Udo – viel zu laut, wie Anna fand – und ging schnell zu Fred. »Ich mach das mal für dich, ja?«

Damit nahm er Fred den Bleistift aus der Hand und begann, auf der Karte herumzuzeichnen. Anna war entsetzt. Was war *das* denn nun wieder? Udo hatte doch keine Ahnung von der richtigen Abfolge. Was hatte er sich denn jetzt noch einzumischen? Er war eben doch ein … Sie machte gerade den Mund auf, um ihm die Meinung zu sagen, als er verkündete: »Fertig. Jetzt haben wir es geschafft! Das Testament ist unser.«

»Noch nicht ganz!«, sagte eine ölige Stimme.

Der Absturz

Detlef trat hinter einem Vorhang hervor. Als er zu dem Stehpult ging und die Leselampe anknipste, blitzte der Doppellauf einer altmodischen Jagdflinte auf.

»Da rüber! Wird's bald! Alle!«

Udo fasste Fred bei der Schulter und schob ihn wortlos zu der Ecke, in die Detlef mit dem Gewehr fuchtelte. Mama zog

Anna mit sich. Doch Opa Drechsler blieb stehen und verschränkte die Arme.

»Ich habe in meinem Leben schon zu viel gesehen, um mich vor so etwas zu fürchten, du Wurst! Drück doch ab, wenn du den Mumm dazu hast!«

Detlef schien zunächst verunsichert, doch dann hob er ganz langsam die Flinte und legte auf Opa Drechsler an.

»Ich zähle bis drei!«

»Kannst du überhaupt so weit zählen?«

»Opa Drechsler«, wisperte Fred. »Bitte! Manchmal laufen die Dinge eben nicht so, wie man will.«

Der Alte wandte sich ihm zu und legte den Kopf schief. Anna blickte zwischen den beiden hin und her. Dabei hatte sie den Eindruck, dass sie vielsagende Blicke tauschten, deren Bedeutung nur sie verstanden. Schließlich ließ der Alte die Arme sinken und kam langsam zu ihnen herüber.

»So ist es recht, *Opa*«, raunte Detlef. »Man sollte wissen, wenn man verloren hat. Habt ihr wirklich geglaubt, ich kriege nicht mit, was hier gespielt wird? Habt ihr gedacht, ihr könnt aus *meinem* Schloss diesen albernen Wisch eines Verrückten klauen und mich um mein rechtmäßiges Erbe bringen?!« Er lachte bitter. Dann ging er um das Pult herum und warf einen Blick auf die Karte.

»Vielen Dank übrigens für die umfangreiche Hilfe. Allein hätte ich dieses ominöse Testament sicher nie gefunden, mit dem mir meine Mutter immer gedroht hat.«

Er blitzte mit wässrigen Augen in Annas Richtung. Sie hätte ihm an die Gurgel springen können. Nun. War. Wirklich. Alles. Vorbei.

Die größte und beste Sache, an der sie jemals teilgehabt hatte, war verloren. Dieses unmöglich erscheinende Unternehmen, bei dem ihr Bruder Fred über sich hinausgewachsen war, war endgültig gescheitert. Opa Drechslers Häuschen war Schutt und Asche.

Dieser Kerl da würde in wenigen Augenblicken alles zunichtemachen. Jetzt spazierte er gemächlich in die steinerne Kammer, die rostige Flinte weiter auf die fünf gerichtet. Jetzt streckte er den Finger aus. In blinder Wut wollte Anna losrennen, ihr war alles egal! Doch kaum dass sie zuckte, hielten sie zwei schwere, starke Hände auf ihren Schultern zurück. Sie gab nach.

Detlef drückte auf den Buchstaben K … und war verschwunden.

PENG!!!

Der wahre Weg und der letzte Wille

Schwarzer Rauch drang aus der offenen Falltür. Anna war als Erste dort. In einer etwa drei Meter tiefen Grube hockte ein rußgeschwärztes Subjekt und glotzte ihr mit dem dümmsten Gesichtsausdruck entgegen, den sie jemals gesehen hatte. Daneben lag eine geborstene Flinte. Die andern kamen hinzu, Opa Drechsler prustete als Erster los.

Sekunden später lagen sie sich alle in den Armen und lachten, bis ihnen die Bäuche wehtaten, während sich die Falltür ganz langsam von alleine wieder schloss. Als Mama sich die Tränen aus den Augen gewischt hatte, wurde sie etwas ernster und fragte: »Kriegt er da unten Luft?«

»Bis die Polizei da ist, auf alle Fälle«, antwortete Udo und zückte sein Telefon.

»Wo ist denn mein Radiergummi?«, fragte Fred, als Udo sich gerade bei Wachtmeister Kleinhans für die späte Störung entschuldigte. Doch Fred hatte ihn schon wiedergefunden und machte sich daran, den Buchstaben K von der Karte zu entfernen – Udos geschickt gelegte Falle. Dann trug er den richtigen Rätselweg ein und hielt ihnen das Ergebnis entgegen.

»R? Ist das auch sicher?«, fragte Mama.

»Ich will es mal so sagen, Heike«, antwortete Opa Drechsler, »bei Otto weiß man nie. Es sind sechs Knöpfe, einer davon scheidet aus. Wir sind zu fünft. Spätestens der Letzte, der noch hier oben steht, drückt den richtigen. Und die anderen können sich ja solange mit Detlef unterhalten. Ich mache gern den Anfang.«

Damit ging er schnurstracks in die Kammer und drückte auf das R.

Eigentlich hätte eine Fanfare ertönen müssen, ein Feuerwerk losgehen oder irgend so etwas, dachte Anna später. Aber andererseits war das gar nicht nötig. Die Sache war auch so der Hammer.

Mit einem ganz bescheidenen Knirschen wich die Wand zurück und gab den Blick frei auf einen bis unter die Decke vollgestopften Raum. In dieser Nacht erkannten unsere Helden nur den vorderen Teil der Gegenstände, die darin angehäuft waren. Im Schein der kleinen Leselampe glänzte hier die *Jefferson-Walze*, dort schimmerte eine antike Chiffrierscheibe aus Elfenbein. Sie sahen Abakusse, jahrhundertealte Pergamentrollen, eine übermannshohe Decodiermaschine aus dem zweiten Weltkrieg, geheimnisvolle Gegenstände aus Gold und Silber, die nur darauf zu warten schienen, endlich ans Licht zu kommen. Ottos Sammlung!

Und ganz zuvorderst, unübersehbar, lag ein kleiner weißer Umschlag. Opa Drechsler bückte sich, hob ihn auf, öffnete ihn, zwinkerte kurz und las mit getragener Stimme vor:

Mein Testament:

Lieber Finder,

Schluß mit den Gedichten, Schluß mit den Rätseln.
Dies ist ein amtliches Dokument, und niemand soll behaupten können, ich sei nicht Herr meiner Sinne gewesen, als ich es verfaßte. Mein Notar hat es gegengezeichnet, und er besitzt eine Kopie davon. Zwei ärztliche Gutachten über meinen einwandfreien Geisteszustand habe ich ebenfalls anfertigen laßen und bei ihm hinterlegt – denn ich kenne meinen Großneffen Detlef!
Der Name des Notars steht unten auf dem Stempel, geh hin und leg ihm dieses Schreiben vor. Er wird wissen, was zu tun ist.
Ich besitze einige Ländereien und ein Schloß. Sie sind mir nicht wichtig. Diese Dinge mögen der gesetzlichen Erbfolge unterliegen, auch wenn das bedeutet, daß sie eines traurigen Tages an Detlef fallen werden.
Doch davon ausgenommen sind:
– Sämtliche Gegenstände, die ich hier versteckt habe, und die Du

nun vor Dir siehst. (Eine genaue Auflistung liegt ebenfalls beim Notar.)

- *Der durch meine Baumaßnahmen im Jahre 1976 vom Rest des Schloßes abgegrenzte Südflügel – das Rätselmuseum Finkenstein.*
- *Der das Schloß umgebende Park einschließlich seiner Umfriedungsmauer und deren bauliche Erweiterung (Labyrinth).*
- *Und das Gärtnerhäuschen ein Stück unterhalb des Geländes, wo der schlechteste Schachspieler und beste Geschichtenerzähler wohnt, den ich kenne.*

Dies Häuschen soll er, Paul Drechsler, bekommen. Die anderen Dinge aber sollen Dir gehören, dem Entdecker dieses Testaments. Denn Du hast es geschafft! Wer auch immer Du bist, ich bin stolz auf Dich. Ich habe einen wahren Erben gesucht, jetzt hat er mich gefunden. Da Du es bis hierher geschafft hast, weißt Du, was ich damit meine. Und Du wirst auch wissen, was Du mit deinem Erbe anstellen sollst, da bin ich sicher.

Das Leben war mir immer ein Rätsel. Ich bin froh darum. Sei Du es auch.
Viel Glück!

Otto von Finkenstein, 17. Mai 1978

Und wieder Montag

Wenn du einen Garten und
dazu noch eine Bibliothek hast,
wird es dir an nichts fehlen.
Cicero

Et cetera

Der Rest ist schnell erzählt:

Polizeiobermeister Jupp Kleinhans war nicht besonders gut aufgelegt, als er die kleine Versammlung nachts um halb eins in der Schlossbibliothek vorfand. Doch das war noch gar nichts gegen die Stinklaune, die er bekam, als er erfuhr, was Detlef *diesmal* angestellt hatte! In dieser Nacht benutzte Kleinhans erstmals seit über zehn Jahren wieder die kleine Zelle auf dem Polizeirevier.

Am nächsten Vormittag zeigte sich Amtsrichter Ewald Franke von dem Dokument und dem dazugehörigen lebhaften Bericht der drei Finder überaus beeindruckt, schlug mit dem Hammer auf den Tisch und schmetterte die Testamentsanfechtung ab. Er nahm den in Polizeibegleitung erschienenen Kläger Detlef von Finkenstein ins Visier und fügte hinzu: »Und *wir* beide sprechen uns noch, mein Herr!«

Dann wandte er sich wieder an die Kinder: »Euch wünsche ich erst einmal einen schönen Urlaub in Südspanien! Es gibt da übrigens ein paar hochinteressante Schlösser …«

Nach der Verhandlung stießen die Helden in der *Alten Leier* mit Malzbier auf ihren Sieg an und die drei neuen Besitzer des *Rätselmuseums Finkenstein* ernannten einstimmig den Ältesten unter ihnen zum Geschäftsführer.

Beim Abschied kam es zu heftigen Umarmungen und ein

paar unauffällig weggewischten Tränen. Danach spazierte Opa Drechsler in seiner neuen Funktion würdevoll von dannen, denn es gab viel zu tun bis zur Neueröffnung des Museums. Diesmal *mit* Ausstellungsstücken!

Fred, Anna, Mama und Udo setzten sich ins Auto und fuhren in die wohlverdienten Ferien. Vierstimmig sangen sie (zwar nicht schön, aber schön laut):

»Die Sonne scheint bei Tag und Nacht,
Eviva España!
Der Himmel weiß, wie sie das macht,
Eviva España!«

Als sie irgendwann nicht mehr konnten, wollte Mama endlich auch die ganze Geschichte hören, und Fred und Anna berichteten abwechselnd in den schillerndsten Farben und allen Details von ihren Abenteuern.

Als sie bei der Stelle mit dem nächtlichen Brief und dem Luftbild des Labyrinths anlangten, unterbrach Mama: »Moment mal, von wem war denn nun der Brief? Ich dachte, diesen *Schatten* hattet ihr euch eingebildet?«

»Tja«, sagte Anna stirnrunzelnd. Diesem einen Rätsel war sie die ganze Zeit irgendwie ausgewichen.

»Otto von Finkenstein«, murmelte Fred. »Er hat mich auch im Labyrinth vor dem Hund gerettet.«

Mama drehte sich auf dem Beifahrersitz um und musterte ihn eindringlich.

»Der tote Graf? Kinder, heute Abend geht es aber zeitig ins Bett, ihr müsst euch dringend mal wieder ausschlafen!« Damit drehte sie sich wieder nach vorn, sah zu Udo und tippte sich dabei unauffällig gegen die Stirn.

Udo lächelte sie an und zuckte die Achseln. Von Süden blendete die Sonne. Er zog seine Schirmmütze tiefer ins Gesicht und konzentrierte sich wieder auf die Straße.

Hast du's rausbekommen?

Dienstag
Im Anfang war das Wort.
– Johannes 1,1, Die Bibel

Mittwoch
Die Sonne scheint auch hinter den Wolken.
– Karl Friedrich Wilhelm Wander

Donnerstag
Du hast keine Zeit? Zeit ist das Einzige, was du hast.
– Gottfried Walter Binsen

Freitag
Es ist sehr zu bezweifeln, ob Menschengeist ein Raetsel zusammensetzen kann, das Menschengeist mit rechtem Fleiss nicht wieder aufzuloesen vermoechte.
– Edgar Allan Poe, Der Goldkäfer

Samstag
Kein Ding sieht so aus wie es ist, am wenigsten der Mensch, dieser lederne Sack voller Kniffe und Pfiffe.
– Wilhelm Busch

Sonntag
Du gleichst dem Geist, den du begreifst.
– Johann Wolfgang Goethe, Faust

ALLE LIEFERBAREN TITEL, INFORMATIONEN UND SPECIALS
FINDEST DU ONLINE

www.dtv.de dtv junior